KB030067

광덕산 딱새 죽이기

광덕산 딱새 죽이기

김주영 장편소설

문학동네

차례

1

그가 숨을 거두었다.

부친이었던 관점석씨의 늦둥이로 태어난 대규씨가 느닷없이 세상을 등지고 말았다. 거짓말 같았다. 그의 부친인 관점석씨는 숨쉬는 것이 지겨울 정도인 95세의 노령으로 저승사자가 볼깃살을 물어뜯을 때까지 오래 살았다. 그러나 오늘 아침 시신으로 발견된 아들 대규씨는 59세의 나이로 이승의 삶을 마감했으므로, 아버지가 누린 길고 긴 수명에 비하면 요절이었다. 그런데 대규씨의 죽음에는 이렇다 할 단서가 없었다. 타살이든 자살이든 돌연사든 그에 합당한 동기 따위를 전혀 찾아볼 수 없었다. 자살이었다면 흔히 있음직한 유서는 물론이고 침 발라서 찢어낸 메모 한 장 남긴 게 없었다.

그는 얼마 전 홀연히 집을 나가서 여행길에 올랐다. 여행이라기보다는 일종의 가출이었다. 아내 장여사조차 그의 여행을 눈치채지 못했기 때문이다. 그처럼 내막을 알 수 없는 여행에서 돌아온 후 채 일주일을 넘기지 못하고 죽음을 맞이한 것이었다. 그의 돌연한 가출에서 최초의 이삼일 정도를 제외한다면, 어느 곳을 떠돌다가 귀가했는지 아는 사람은 없었다. 물론 그와 동행했다는 길동무도 없었다. 대규씨는 집으로 돌아와서 자신이 지나온 여행에 대해 이렇다 할 말이 없었다. 그리고 숨진 채 발견된 것이었다.

주검의 머리맡에는 반쯤 마시다가 둔 물그릇 하나가 죽음과는 전혀 인연을 두지 않았다는 듯 시치미를 잡아떼고 있었다. 숨을 거두기 전 그를 저승길로 끌고 가려는 저승사자와 실랑이를 벌인 흔적은 전혀 찾아볼 수 없었다. 팔다리를 부러뜨렸거나 비튼 흔적도, 귀를 물고 잡아당긴 흔적도 없었다. 사람이 물었다면 잇자국이 남았을 것이고, 개가 물었다면 찢긴 흔적이 있을 것이었다. 가슴을 쥐어뜯었거나, 게거품을 물고 한사코 저항한 흔적도 없었다. 다만 뛰던 심장이 멈춘 사람에게 저절로 나타나는 가슴의 멍자국만 희미하게 남아 있을 뿐이었다.

평소에 뇌졸중이나 심장병 같은 기저 질환으로 의심을 받을 만한 병증도 그에겐 없었다. 그처럼 갑자기 숨을 거둘 수 있는 아무런 부정적인 조건도 갖고 있지 않았다. 다만 그에게는 가벼운 기면증이 있었다. 밤에 충분한 수면을 취했는데도 낮시간에 졸음에 시달리거나 무기력증에 빠져들곤 하는 병증이 그것이었다. 그러나 그것 또한 그를 느닷없이 죽음으로 몰고 갈 만큼 심각한 증세는 아니었다.

그는 평소와 같이 비릿한 머리 기름때가 꼬질꼬질하게 묻은 베개에 오른쪽 귓불을 묻고 눈을 감은 채 동쪽으로 낸 창을 향해 누워 있었다. 시신이 벌써 싸늘하게 굳어 있는 것으로 보아 지난 밤에 잠자리에 들자마자, 곧장 숨을 거둔 것이 분명했다. 그러나 그 죽음의 자리 주변을 자세히 살펴보면 수상한 점이 눈에 띄기는 했다. 잠자리에 들 적에 평소처럼 잠옷을 입지 않고 외출이라도 작정했던 것처럼 흰 두루마기를 단정하게 입은 채로 숨을 거두었다는 것이다. 그러나 그의 아내 장여사는 그런 모습을 대수롭지 않게 지나쳤다. 왜냐하면 그는 외출하지 않고 방구석에 앉아 있을 때도 두루마기 차림을 즐겨 했기 때문이다.

그 죽음이 자연사라면 문제는 더욱 미궁이었다. 졸지에 숨을 거둘 만한 어떤 병증도 그의 신체에선 일찍부터 발을 붙이지 못했다. 혈압, 당뇨, 신장 기능 등등 만 59세의 남성으로선 보기 드문 정상 수치로 그럭저럭 건강한 삶을 살았다. 그 시신 어디를 뒤적거려보아도 그가 숨을 거둔 원인을 찾아볼 수 없었다. 의사가 먹지 말라는 음식은 절대로 먹지 않았고, 먹어도 좋다는 음식은 기필코 찾아서 먹었다. 해조류나 버섯류, 그리고 등 푸른 생선을 즐겨 먹었다.

그래선지 평소에 그의 얼굴빛은 사람들의 말마따나 신선처럼 청결했다. 예순이 가까워지면 응당 나타나는 손등과 얼굴의 구질구질한 검버섯이나 주름살 따위는 그에게서 찾아볼 수 없었다. 반드시 저녁 열시 전에 잠자리에 들었고, 아침 일곱시 전에 잠자리에서 일어났다. 할일이 별로 없는 그에겐 그것이 가능했다. 그리고 해질녘이 되면, 문득문득 가벼운 슬픔에 빠지거나 공허해질 때가 있었다. 그때는 마을 뒤쪽에 자리잡은 광덕산廣德山 둘레길을 산책했다. 때로는 느리게 때로는 빠르게.

그는 광덕산 주변을 에워싼 고풍스러운 풍광을 마을의 누구보다 사랑했다. 봄이 깊어지면, 오후의 날씨는 언제나 소름 끼치도록 화창했고, 하늘은 상상 속의 천국처럼 푸르렀다. 여름 햇볕 아래 호박이나 참깨나 옥수수 들이 자라는 밭두렁 길을 걸어 광덕산 둘레길로 들어섰다. 그곳에서 몇 발짝만 더 걸어가면, 부친 관점석씨가 사재를 털어 지은 영당 한 채가 보였다. 그곳에는 태조대왕의 어진御眞이 모셔져 있었다. 단청을 곱게 입힌 건물 주변을 천천히 돌아나가면 어느덧 눈이 시리도록 붉은 노을이 서쪽 산등성이 주변을 적셨다. 멀리 첩첩한 산 주름 사이로 저녁 이내가 내려쌓이고, 나무들의 그림자는 보랏빛으로 짙어졌다. 이제 둥지로 날아가는 산새들의 날갯짓은 하나둘 사라지고, 드디어 땅거미가 희미하게 깔리기 시작했다.

제방 너머 멀리로 보이는 강줄기는 김이 서린 거울같이 희미

했다. 남쪽을 향해 완만하게 펼쳐진 광덕산 중턱에 서서 바라보면, 옷갓마을에 옹기종기 들어선 고택들과 초가집들이 한눈에 펼쳐졌다. 그 마을을 완만한 U자 형으로 휘돌아가는 서쪽으로 죽변천이라 불리는 냇물이 흐르고 있었다. 냇물 건너편으로 저녁 바람결을 따라 스러졌다 일어서기를 계속하는 긴 대숲을 바라보고 있으려면, 가슴속이 금방 씻은 듯이 맑아졌다. 그 하나만으로도 옷갓마을에서 태어나고 자란 것에 자긍심을 느낄 수 있었다.

열심히 걸어서 발바닥이 뜨거워지기 시작할 무렵이면, 둘레길을 벗어나 마을 뒷길로 들어섰다. 길가엔 개꽃과 도라지꽃이 저녁 어스름 속에서도 하얗게 피어 새큼한 꽃냄새가 콧등에 묻어났다. 멀리 있는 마을 공터에서 연을 날리거나 굴렁쇠를 굴리는 아이들의 재잘거리는 말소리가 한낮에 비해 훨씬 가깝게 들려왔다. 담장 안 텃밭에 심은 해바라기가 사람의 키를 넘게 자라서 요염한 얼굴을 담장 밖으로 삐쭘하게 내밀고 고샅길을 염탐하고 있었다. 돌로 쌓은 나직한 강담이나 흙담을 스쳐지나 대문으로 들어서면, 마당에 내놓은 살평상이 보였다. 그 위에서 우거지나 무말랭이를 말리느라 비릿한 풋내가 마당에 가득했다. 부엌에서는 광덕산에서 뜯어온 나물을 삶는 구수한 냄새가 연기처럼 피어났다.

옷갓마을은 옛날에는 대밭골로 불렸지만, 농사로만 먹고산다고 해서 괭이마을이라고도 했었다. 관대규씨 역시 선대로부터 물려받은 많은 전답을 소유하고 있었지만, 평생 동안 호미자루 한

번 손에 쥐어본 적이 없었다. 그런 삶을 살게 된 것은 자신이 선비로 자처하고 있었기 때문이다. 예로부터 선비는 손톱에 낀 때를 빨아서 끼니로 대신할망정 농사는 짓지 않는다는 전통을 지키려 했다. 선조가 남겨준 전택을 지키고, 아름답고 무성한 나무들과 맑은 시냇물을 즐기고 높은 곳에 올라가 먼 경치를 바라보며 스스로 기뻐하는 것이 선비가 지켜야 할 체통이라고 생각했다. 더러는 갈무리할 기량도 없는 사람이 사대부 행세를 한다고 헐뜯기도 했지만, 그는 못 들은 척했다.

하지만 그의 부친인 관점석씨는 아들 대규씨와는 전혀 다른 삶을 살았다. 잠들거나 밥 먹을 때를 제외하면 평생 동안 삽과 괭이를 손에서 놓지 않았다. 농사일에 일생을 바친 사람답게 손바닥은 목숨을 마감할 때까지 돌처럼 굳어 있었다. 그래서 숨을 거두기 얼마 전 굶어죽거나 얼어죽지 않아 행복했다는 유언을 남겼다. 그런 선대들과는 달리 대규씨는 천성이 게을렀다. 그의 좌우명을 한마디로 정리하면, 구멍보다 큰 걸 삼키면 숨이 막힌다는 것이었다. 허파에 바람이 들어 날뛰는 세상에는 별 관심이 없었다. 세상의 설한풍을 쐬며 이곳저곳을 섭렵하려 들쑤시고 다녀보았자, 얻을 것은 별로 없다는 게 그의 인생관이었다. 지루하고 불편한 삶이라 해도 권모술수와 아첨꾼이 난무하는 세상과는 거리를 두고 살고자 애썼다. 아첨하는 자들은 속으로는 필경 증오와 저주를 품고 있다는 아버지의 유언을 그는 믿었다.

겨울에는 볕이 잘 드는 마루에서 잔등이나 쬐고 있으면 따뜻해서 세상에 부러울 게 없었다. 세상을 뒤집어놓을 것처럼 맹렬한 천둥 번개가 난리를 쳐도 결국 죽는 것은 앞개울의 가재 한두 마리이듯이, 어중이떠중이가 모여들어 도떼기시장처럼 떠든다 해도 세상이 가진 본래의 모양새가 크게 찌그러지지는 않는다는 것이 그의 생각이었다. 열정이 이끄는 곳으로 간다면 성공을 거둘 것이란 예측보다는 고난과 골칫거리뿐이라고 생각했다. 그래서 언제 어디서나 얼빠진 사람처럼 언사가 순박했고, 모질거나 약고 꾀바르다는 소리를 듣지 않았다. 키가 작고 분수 이외의 것을 바라지 않는 성격 때문에 멸시를 당할 때도 있었으나, 그것이 멸시인 줄 눈치채지 못하거나 알아도 그런가보다 했다. 그런 일로 심술을 부려 상대방을 불편하게 한 적은 없었다.

그래서 인생이 아무런 불상사도 겪지 않고 지나가기를 바랄 뿐 비범한 삶은 바라지 않았다. 평범한 삶이 자신에게 주어진 최고의 선물인 줄 알았다. 터무니없는 망상을 가지지 않아 가슴속에 어떤 불길한 예감을 감출 일도 없었다. 꿈꾸는 사람이 세상을 바꾼다는 것은 그에겐 허튼소리에 불과했다. 놀라움으로 가득찬 세상과 그의 삶 사이에는 그래서 아무런 관계를 두지 않았다.

평발이어서 군대도 면제받았다. 그의 사촌동생인 복길씨가 형님의 인생에는 이렇다 할 스토리가 없다고 대놓고 빈정거려도 그런가보다 했다. 그는 화나는 일이 있어도 성질을 죽이며 살아왔고, 바라보기에 민망스러운 징후가 보이거나 서로 헐뜯고 허물을 잡는 자리다 싶으면 진작 조용히 털고 일어났다.

빼꾸기와 낙타처럼 확연하게 구별할 수 없는 것이 세상사라는 것을 그는 굳게 믿었다. 게으름이 사람의 열망을 좀먹는다는 격언 따위는 그에겐 먼 데서 짖어대는 개소리일 뿐이었다. 그래서 아무것도 하지 않으면 아무 일도 일어나지 않는다는 것에 초점을 맞추며 살았다. 인생의 목표가 없어진 다음에 찾아오는 것은 당연히 게으름과 시도 때도 없이 엄습하는 졸음일 수밖에 없었다. 그런데도 불구하고 그 자신은 거동에 흐트러짐이 없는 삶을 살아온 관씨 가문의 모범적인 장손을 자처했다. 틀에 갇힌 사람이란 핀잔을 들어도 못 들은 척했다. 남의 실패를 보고 웃는 동물은 사람뿐이란 것을 그는 알고 있었다.

누가 뭐래도 그에게는 광덕산 중턱에 지은 영당을 알뜰하게 살피고 돌보고 있다는 자긍심이 있었다. 행동거지가 항상 느릿느릿했으며, 아내 장여사가 주도하고 있는 살림살이는 흥하든 망하든 그의 관심거리가 아니었다. 간섭하는 일도 없었다. 작달막한 허우대에 똥배까지 나왔으나 안달이 나서 땀을 뻘뻘 흘리며 달음질치는 운동 따위는 관심 밖이었다. 그래봤자 자신의 삶에 달라지는 것은 없다고 생각했다.

가까운 읍내에 있는 대다수 유지들처럼 권세에 빌붙거나 인연을 맺기 위해 동분서주하지 않았다. 원래 발등은 믿는 도끼가 찍는다고 믿었기 때문이다. 뭘 좀 안다고 똑똑한 척 나불대다가 밉상으로 찍히고 싶지도 않았다. 그런 사람에겐 열정도 없고 기적도 일어나지 않는다는 핀잔을 들었으나 한 귀로 듣고 한 귀로 흘려보냈다. 주위에서 이구동성으로 그를 일컬어 하는 말이 있었다.

"옷갓마을에 관대규란 사람 있어. 그 사람 착한 사람이야."

그 곁에 있던 사람이 그 말이 땅에 떨어지기도 전에 냉큼 걷어찼다.

"착한 사람이란 것은 나도 알아. 그런데 착한 사람은 매력이 없어. 맹탕이라구. 왠지 알아? 하는 행동이 너무 뻔하니까. 그런 사람은 매사에 대처하는 태도가 뜨뜻미지근해. 내 편도 아니고 저 편도 아니야. 그래서 항상 허허 웃기만 하지."

술을 즐기는 편이긴 했으나 술자리에서 식은 안주라도 먹기 위해 엉덩이를 뭉그적거리며 옆 사람의 주머니 사정이나 살피는 비루한 짓은 하지 않았다. 누가 옆에서 술주정을 하며 짓궂게 굴어도 상대하여 다투지 않았다. 개가 짖는다고 개와 같이 흉내하며 짖어댈 필요는 없었다. 그럼 자기도 개가 된다고 생각했다. 그는 남들이 입을 모아 무사안일이라고 손가락질하는 자신의 생활이 스스로를 결박하고 있는 족쇄라고 생각하지 않았다. 그것은 헌옷처럼 가장 편안한 생활이었기 때문이다.

기면증 때문에 낮잠 자기의 달인이었던 그는 저승사자가 몸뚱이 속 여기저기를 샅샅이 뒤진다 해도 자신을 죽음으로 몰아붙일

어떤 명분도 찾지 못할 것이라 믿었다. 그런 그가 느닷없이 혼자 숨을 거둔 채 건넌방에 누워 있었다. 옆구리를 툭 치면 화들짝 놀라 벌떡 일어날 것처럼 천연덕스러운 얼굴로. 누구나 숨을 거두기 전에는 고약덩이 같은 배내똥을 누기 마련인데, 그 또한 보이지 않았다. 저승사자는 그에게 배내똥을 눌 사이도 주지 않을 만큼 데려가기에 다급했던 모양이었다. 황당한 장여사가 남편을 죽음으로 몰고 간 증거라도 찾아볼 생각으로 두루마기를 벗기고 시신 여기저기를 샅샅이 뒤져보았다. 그러나 며칠 전부터 밤에 자고 일어나면 어깨가 결린다며 붙이기 시작한 파스 한 장이 견골 위쪽에 붙어 있을 뿐 아무런 이상 증후도 찾아낼 수 없었다. 어깨가 결려 목숨을 잃었다는 사례도 없었다.

2

그의 부친인 관점석씨가 살아 있었던 어느 해 사월 봄이었다. 앞내의 여울물 소리가 바람이 있을 때마다 제방을 넘어 가깝게 들려왔다. 제법 자란 보리밭 이랑 사이에서는 노고지리 울음소리도 맑게 갠 하늘로 날아올랐다. 마을 여기저기에서 풍기는 구수한 두엄 냄새가 제방까지 설핏했다. 그런데 배꽃이 마을을 떠메고 갈 듯 하얗게 핀 광덕산에 난데없는 강풍이 몰아치기 시작했다. 그 비바람은 이틀 밤낮을 쉬지 않고 광덕산 중턱을 칼날처럼 사납게 할퀴고 지나갔다. 마을 사람들을 불안에 떨게 만든 강풍이 지나간 다음이었다. 어디에서 날아온 것인지 알 수 없는 초상화 한 폭이 광덕산 둘레길 초입에 서 있는 배나무 낮은 가지 끝에 위태롭게 걸려 있었다. 강풍이 멎은 뒤 피해를 살피러 나간 관점석씨가 그 초상화를 발견했다. 강풍에 휘말려 허공을 떠돌다가 나뭇가지에 걸린 것이 분명한데, 이상한 점은 전혀 손상을 입지 않았다는 것이었다. 찢어진 곳도 없었고, 나뭇가지에 긁힌 자국도 없이 멀쩡했다. 강풍에 시달림을 받았을 것인데도 손상을 입지 않은 것을 예사롭지 않은 일로 생각했던 그는 서둘러 초상화를 수습했다.

관점석씨는 옷갓마을 대부분의 사람들이 그러하듯 일생 동안 괭이와 삽으로 땅만 팔 줄 알았던 농사꾼이었다. 젊은 시절부터 농사지어 소출 내는 것에만 생애를 소진해왔던 그는 선대로부터 물려받은 농토와 함께 광덕산 둘레길 주변에 많은 농토를 가진 부농이 되어 있었다. 하지만 그런 평판은 보는 사람에 따라 다를 수도 있었다. 왜냐하면 그는 성실한 농사꾼이지만, 광덕산 북쪽 능선을 차지했던 돌산의 석재를 팔아 상당한 축재를 했기 때문이다. 뿐만 아니라 농한기에는 포목장수로 입신하여 이문을 남기기도 했다.

돌산 이외에 또다른 재산 증식에는 그의 아내가 큰 역할을 해주었다. 얼굴에 주근깨투성이였던 그의 아내는 난쟁이를 겨우 모면할 정도로 키가 작았다. 그러나 성깔 한 가지는 매우 암팡졌고, 남편 점석씨를 하늘처럼 받드는 일에 눈곱만치도 어긋남이 없었다. 옷갓마을 관점석씨 문중으로 시집와서 숨을 거둘 때까지 하루 네 시간 이상은 잠을 자본 일이 없었다. 더욱이나 길쌈 일에 쫓길 적에는 며칠 밤을 꼬박 뜬눈으로 지새울 때도 있었다. 그녀로선 베틀 위에 앉아 있을 때만이 가장 축복받는 시간이라고 생각했기 때문이다. 그 자리에 앉아 있는 동안은 그녀를 엄습하는 모든 시름과 깨끗하게 결별할 수 있었다. 길쌈 일에 몰두하는 이상 그녀 자신의 존재조차 의식하지 못할 정도로 거의 무아지경에 이를 수 있었다. 그녀가 베틀 위에서 내려오지 않는 이유는 바로 그것이었다.

그녀가 길쌈 일을 쉬거나 눈을 감고 있을 때는 남편과 교합할 때뿐이었다. 남편 관점석씨는 아내와 배꼽을 맞출 때 그녀가 눈을 뜨고 있는 것을 아주 싫어했기 때문이다. 자신은 두루마기를 입은 채로 아내와 배꼽을 맞추고 있으면서 아내가 눈을 뜨고 있는 것은 싫어했다. 아내가 눈을 뜨면 남편은 하던 동작을 느닷없이 멈추고 불같이 화를 돋우면서 집구석이 떠나갈 듯이 소리를 질러댔다.

"눈감어. 버르장머리 없게 눈은 왜 떠?"

그녀는 배꼽 맞추는 일이란 눈뜨고 하는 일이 아니란 것을 남편으로부터 배웠다. 그리고 이튿날 새벽같이 호미를 들고 밭으로 나갔다. 철인과 같았다. 남편 점석씨가 보기에 안쓰러워 밭일을 쉬거나 길쌈을 쉬라고 퉁명스러운 말로 만류해도 듣는 둥 마는 둥 했다. 수면을 게을리하면 낮에 비틀거리기 마련인데, 오뚝이처럼 넘어지지 않고 버텼다. 그런 그녀가 지닌 특별한 면모가 있었다.

그것은 그녀가 이런 산골마을에서는 보기 드물 정도로 색을 밝히는 여자라는 것이었다. 베틀에 올라앉아 밤새워 길쌈을 하다 말고 어느 순간 색이 동하면, 깊이 잠든 점석씨를 깨워 교합을 졸랐다. 잠에 취한 점석씨가 쏘아붙이며 짜증을 내면, 그녀는 짜증보다 더 높은 강도로 남편을 겁박했다. 그런가 하면 눈을 감은 채로 육허기를 채우고 나서 언제 그랬냐는 듯이 시치미를 딱 잡아떼고 다시 건넌방으로 돌아가 베틀 위에 앉았다.

길쌈 일에 단련되고 날렵해서 남들은 한 달 만에 짤 것을 그녀는 보름 만에 한 필의 삼베를 일같잖게 짜냈다. 번영회에서 주최하는 경연대회에 출전해서 한 번도 우승을 놓친 적이 없었다. 언제나 그녀가 우승이었기 때문에 그 대회는 이변을 연출한 적이 없었고, 재미가 없어 언제부턴가 대회가 열리지 않게 되었다. 그녀의 행동에는 이상한 점이 또 있었다. 명주나 삼베가 거래되는 새벽 시장에는 대체로 아녀자들이 옹기종기 난전에 자리잡고 앉아 거래를 하기 마련이었다. 그러나 장터의 포목전에서 그녀를 발견하기는 어려웠다. 철저하게 포목전에는 얼굴을 내밀지 않았다. 그 시간에 그녀는 밭일을 하든지 길쌈을 했다. 그녀가 쉬는 시간은 남편과 잠자리를 하는 잠깐뿐이라 할 수 있었다. 알고 보면 쉬는 것도 아니었다. 그 또한 노동이었기 때문에. 그 결과 남편 점석씨는 읍내의 포목전에서 능력 있고 상술이 뛰어난 포목상으로 두각을 나타내기 시작했다. 그의 아내는 남편이 삼베를 팔아서 얼마의 이익을 남기는지, 어떤 사람과 거래를 트고 있는지,

시세가 어떻게 되어가는지 전혀 묻지 않았다. 그녀의 관심은 오직 길쌈과 남편과의 잠자리였다. 때로는 점석씨가 아내에게 투정을 부리기도 했다.

"이봐. 이렇게 열심히 노력하는데도 아이가 들어섰다는 소식은 왜 없어?"

"당신이 부실한 탓이겠지."

"내게 불찰이 있다는 게야?"

"당신한테 불찰이 없다면 도대체 누구에게 있겠소?"

"이것 참 난감한 일이네. 당신 밤새워 길쌈하랴, 나하고 잠자리하랴 그래서 몸이 온전하게 견뎌나겠어? 길쌈을 그만두든지 잠자리를 그만두든지 한 가지는 그만둬야 후사를 얻게 될 거야."

"당신은 두 가지 중에 어느 것을 그만뒀으면 좋겠소?"

"잠자리를 삼갔으면 좋겠어."

"그럼 후사 보기는 글렀다오."

"자주 한다고 되는 일이 아니오. 때가 있는 법이지."

"별소리 다 하네. 한사하고 하다보면 양단간에 결판이 나겠지요."

그녀는 첫째를 낳아 첫돌을 넘기지 못한 채 돌림병으로 잃은 모든 책임이 자신에게 있다고 생각했다. 그래서 이가 부러져라 사리물고 두번째 생산을 목표로 목숨을 바치다시피 하고 있는 것이었다. 만약 둘째가 태어나게 되면, 그 자식은 평생토록 손끝 한

번 움직이지 않고 충분한 수면을 취하고 게으름을 피우며 살아갈 수 있도록 하겠다는 결심을 하고 있었다. 그래서 모든 재산상의 조치를 마련하고 죽는다는 각오로 길쌈과 남편과의 교합에 목숨을 바치다시피 했다.

광덕산 느티나무에 걸린 영정을 수습한 것은 그들 내외의 두 번째 소생인 대규가 태어난 뒤의 일이었다. 액자 속에 들어 있는 인물이 어떤 사람인지는 알 수 없었다. 그러나 위엄을 풍기는 면목과 화려한 복장으로 보아 자신과 같은 소인배들과는 품격이 다른 인물임이 분명했다. 오랫동안 그림 속에 갇혀 있는 인물임에도 눈빛이 당당하고 생기가 있었다. 그 위압적인 눈빛은 바라보는 사람의 가슴속을 파고들 것처럼 강력한 투시력을 갖고 있었다. 필시 지체 높은 고관대작임이 분명했다. 영정을 본 아내 역시 어마지두 놀라 문지방에 엉덩방아를 찧으며 벌어진 입을 다물지 못했다. 한동안 몸을 사시나무 떨듯 하던 아내가 떨리는 목소리로 말했다.

"여보, 멀리 내다버려요."

"버리다니, 무슨 말 같잖은 소리를 함부로 지껄여."

"그걸 집안에 들이면 액운이 뒤따라온다는 것을 모릅니까."

"천벌받을 소리 그만둬."

"그게 어째서 상서로운 물건이겠소. 도깨비가 아닙니까."

"도깨비라니 무슨 엉뚱한 소리야."

"자세히 봐요. 이게 도깨비 아니고 무엇이오."

"도깨비 같은 소리 하고 있네. 이것은 우리 관씨 문중의 먼 조상을 그린 화상일세. 두 눈 부릅뜨고 똑똑히 봐."

"도깨비 아니면 어째서 용대가리를 그린 옷을 입고 있겠소."

"얻다 대고 감히 용을 보고 대가리란 말을 함부로 지껄이나, 이 무식한 여편네야."

"날보고 무식하단 말 마시오. 세상 만물 중에 하반신이 없는 짐승은 도깨비뿐이란 걸 모르는 당신도 유식한 양반은 아니지 않소."

"점입가경이구만, 상반신만 그린 것이지 하반신이 없어서 안 그린 것이 아니야. 당신 주민등록증 사진도 하반신이 없어서 안 찍은 것이 아니지 않나. 우리 둘 중에 누가 무식한지 판가름해줄 사람을 수소문해보자구."

주민등록증 사진을 들먹이자 한풀 죽은 아내가 눈을 흘기며 혼잣소리로 이죽거렸다.

"당신이 도깨비에 홀린 것이오…… 몽달귀신에 홀렸든지…… 튼실하게 키운 자식 몽달귀신이 업어가면 어쩌려고 그런 요물을 집안에 들이시오."

"그런 괜한 걱정 말아. 몽달귀신이 있다 하더라도 설마 우리집 장손인 대규를 잡아갈까. 어림없는 소리."

"잡아갈지 안 잡아갈지 당신이 몽달귀신한테 물어봤소?"

"그것참 웬 말이 그렇게 많아. 그 헤픈 주둥이 좀 닫고 있어."

"당신이나 입 닫으시오."

"제발 그 주둥이 좀 다물어. 또 쥐어박아야 입 닫을래?"

평소에는 과묵한 여편네였으나 한번 말문이 터졌다 하면, 딱따구리처럼 시끄럽고 수다스러웠다.

영정을 벽장 속에 감추어두고, 강풍으로 부서지고 찌그러져 쑥밭이 된 농장의 복구 작업이 얼추 끝날 때까지 눈코 뜰 사이가 없었으나 속으로는 영정의 일로 심란해서 일손이 잡히지 않았다.

뿐만 아니라, 그날부터 한 번도 겪지 않았던 불면증에 시달리기도 했다. 복구 작업이 얼추 마무리되어갈 즈음, 여기저기 수소문한 끝에 경기도 지방에서 명성깨나 떨친다는 풍수를 집으로 초청했다. 사흘 동안이나 아무 말 없이 흔연대접하면서 발설을 주저하다가 드디어 결심을 하고 벽장의 초상화를 꺼내 보여주었다.

다부진 체격과 시커먼 구레나룻 수염에 옆구리를 꾹꾹 찌르는 듯한 강한 억양을 가진 풍수가 보여준 거동은 충격적이었다. 그는 초상화를 보는 순간 안색이 하얗게 질렸다. 그리고 엎드리라는 명령어에 숙련된 똥개처럼 다짜고짜 턱을 방바닥에 착 깔고 너부죽하니 엎드렸다. 그다음에는 늑대처럼 고개를 허공으로 쳐들고 한번 주억거린 다음 거의 우는소리로 말했다.

"전하, 어인 일로 돼지우리나 다름없는 누추한 처소에 왕림하셨습니까."

관점석씨 댁은 그가 악담한 것처럼 돼지우리에 비교할 만큼 누추한 집은 아니었다. 돌산을 팔아 챙긴 돈으로 지붕에 기와를 올린 집이었고 심지어 뒷간까지 기와를 올려 시골에서는 보기 드물게 위엄을 갖춘 전통 고택이었다. 그런 집을 돼지우리라고 거침없이 폄훼하고 있는 것에 점석씨의 넙데데한 얼굴에는 못마땅한 기색이 역력했다. 그러나 풍수의 태도가 너무나 절절하고 진지했으므로 자신도 모르게 그를 따라 얼떨결에 같이 엎드릴 수밖에 없었다. 그때 풍수가 고개를 돌려 다시 한번 면박을 주었다.

"도대체 이 영정 앞이 어느 안전인지 알기나 하시오?"

"모르니까 선생님을 모신 것이 아닙니까."

풍수가 목소리를 가다듬고 말했다.

"관씨 문중에 상서로운 서광이 비친 것입니다."

"서광이라니요? 그게 뭔 소립니까?"

"이 영정은 태조대왕이십니다."

"지체 높은 고관대작이라는 것은 짐작하고 있습니다만?"

"태조대왕이 뉘신지도 모르는 사람의 집에 이런 서광이 비치다니…… 아무리 판무식이라지만 그 나이에 눈썰미는 있어야 할 것 아닙니까. 영정을 자세히 보시오. 머리에 쓴 것은 주인장 같은 사람은 평생에 한 번 볼까 말까 한 익선관이오. 익선관은 태조대왕께서 정무를 보실 때 쓰던 의관입니다. 그리고 붉은빛 비단으로 만든 옷에 가슴과 등, 어깨에 다섯 발톱을 가진 용을 수놓은 옷은 곤룡포라 해서 임금님이 아니면 몸에 걸칠 수도 우러러볼 수도 없는 의복입니다. 저 영정이 바람에 날아와 주인장의 농장에 떨어진 것은 그 땅이 길지라는 뜻일뿐더러 장차 주인장의 문중은 누대에 걸쳐 운수대통한다는 뜻입니다. 벌이 날아다니면 꿀이 가까이 있다는 것은 상식이오. 무슨 말인지 아시겠소?"

익선관이란 말은 몇 번 들어서 낯설지 않았으나, 다섯 발톱을 가진 용이 수놓인 곤룡포라는 것은 풍수가 조작했거나 과장한 말 같았다. 용의 발톱이든 하찮은 암탉의 발톱이든 발톱이라 할 만한 그림이 선명하게 보이지 않았기 때문이다. 그러나 명성이 자자하다는 풍수가 우격다짐으로 한 말이었으니, 면전에서 잘난 척하고 아니라고 손사래를 칠 용기가 나지 않았다. 게다가 기왕에 임금의 영정으로 판명이 났다면 다섯 발톱이 아니라, 열 발톱을 가진 곤룡포라 해서 전혀 나쁠 것도 없었다. 이런 경우, 용의 발톱이란 많을수록 좋은 법이었다. 그래서 점석씨도 여차하면 화공을 불러 몰래 발톱을 더 그려넣을 수도 있겠다는 생각까지 했다. 점석씨가 반신반의하는 것을 눈치챘는지 풍수는 다시 한번 쐐기를 박았다.

"보시오, 생원님. 임금의 초상화를 어진이라 부릅니다. 생원님은 죽었다 다시 태어나도 모르겠지만, 어진은 아무데나 걸어놓는 것이 아닙니다. 그랬다가는 천둥 번개에 날벼락이 떨어질 수도 있어요. 날벼락이라면 두말할 것도 없이 패가망신이지요. 진전을 지어 봉안하고 제사를 지내지는 못할망정 벽장 속에 거꾸로 처박아두다니…… 그런 일을 저지르고도 천벌받지 않은 게 천만다행인 줄 아시오."

"누가 그린 그림입니까?"

"궁중에는 도화서라는 기관이 있고, 그곳에 어진만 전문으로 그리는 화공이 있었어요. 이제 얼추 알아듣겠소?"

"알다마다요."

"태조대왕께서는 스무 살 남짓한 청년 나이에 북쪽의 여진족과 왜구를 격파하여 나라를 지킨 불패의 명장이었소. 그 영광을 발판으로 조선이란 새로운 왕조를 세워 태조대왕이 된 분이오. 이 영정을 생원님이 발견한 게 우연이라고 생각하시오? 이것은 하늘이 점지하지 않으면 모시기 어려운 행운이오. 그러나 육고기로 배를 채운들 소화하지 못하면 무슨 소용이겠소. 솔직히 말해서 상서로운 서광이 비쳤을 때, 대가리 없는 닭처럼 우왕좌왕하지 말고 냉큼 조치를 하시지요. 영정을 잘 모시고 예와 충성을 다하면 크나큰 광명이 내릴 것이오. 끌어안으면 가문이 크게 번성할 것이고 내치거나 소홀히 하면 돌이킬 수 없는 화를 입을 것이오. 그러나 끌어안고 내치는 일은 생원님이 할 탓이오. 길흉화복이 종이 한 장 차이라는 것은 이런 것을 두고 하는 말입니다. 내치거나 소홀히 하면 문중이 며칠 안짝에 도륙이 날 것이고, 정성껏 끌어안으면 화복이 넝쿨째 떨어질 것이오."

풍수는 자신이 태조대왕이라도 되는 것처럼 서슬 시퍼렇게 땅땅 벼르며 거만을 떨었다. 그것이 목에 걸린 가시처럼 거북했으나, 지금 당장 그를 제지할 명분도 없었고, 설령 어떤 명분이 있다 할지라도 섭섭한 기색을 보이며 외면할 수 없었다. 관점석씨는 두근거리는 가슴을 진정시키며 물었다.

"어떤 조치를 해야 할까요?"

"어허, 이것 참 손에 쥐여줘도 모른다더니, 귀 좀 빌립시다."

그 영정이 과연 조선 태조대왕의 어진인지, 아니면 그 먼저 고려 공민왕의 어진인지, 아니면 그냥 얼치기 화가가 그린 모작인지 허풍 치기에 이골난 풍수 자신도 모르는 일이었다. 그림으로 봐서 머리에 쓴 것이 익선관인 것은 틀림없지만, 익선관을 쓴 장본인이 누구인지는 알 수 없었다. 기왕 주둥이 내키는 대로 쏟아낸 말이었으므로 태조의 영정이라고 윽박지르고 있을 뿐이었다. 떠들어대는 풍수의 감언이설을 반신반의했으나 대화가 길어지고 시간이 흘러갈수록 관점석씨는 솔깃할 수밖에 없었다. 설마 명색이 풍수란 사람이 거짓말로 사람을 현혹시킬 거라 생각하지 않았다. 그러나 알고 보면 그도 명색이 지관의 이름으로 행세하고 있었지만 협잡꾼에 불과했고, 주거지도 일정하지 않아 여기저기 돌아다니며 식객으로 연명하는 떠돌이였다. 그가 솔직하게 말하자면, 하며 시작하는 말도 거짓말이 대부분이었다. 젊어서부터 늙어서까지 산전수전 다 겪어서 닳고 닳은 풍수가 평생 남과 눈 한번 흘긴 적이 없는 어수룩한 시골 농사꾼 한 사람의 얼을 빼고 뒤통수를 치는 일쯤은 누워서 하늘 보기였다. 말만 번지르르하게 늘어놓으면, 회전초밥집의 컨베이어벨트가 돌아가듯 먹이는 숨가쁘게 다가오기 마련이란 것을 그는 일찍부터 터득해 알고 있었다.

그의 거침없는 달변과 능수능란함에 압도당한 점석씨는 그와 동행으로 광덕산을 답사했다. 화상을 모실 영전의 터를 잡을 심산이었다. 그 산중턱에 서서 풍수가 말했다.

"지금 우리가 서 있는 이곳에다 전각을 짓고 영정을 모시시오. 양반이란 모름지기 어느 한곳에 터를 잡아 그곳에서 대대로 눌러 살아야 하오. 그러지 않을 경우 필경 문중에 액운이 닥치게 됩니다. 설령 홍수가 잦고 박토에 농사가 잘되지 않아 풍속이 이지러지고 흉허물 없이 지내던 문중 사람들 성깔이 어긋나서 인심이 사나워져도 일찍이 자리잡은 집터를 떠나서는 안 되오. 설령 고난이 닥치고 역경이 닥쳐 어려움을 겪더라도 초하루 보름에 깍듯이 제사를 모셔야 합니다. 피맺힌 희생이 따르더라도 기쁜 마음으로 그것을 감내해야 합니다. 그게 양반 된 사람이 지켜야 할 도리라는 것이오. 한 가문이 대대로 거주하는 곳을 세거지라 하는데, 그 말은 서로가 한결같이 현조를 받들고 한곳을 차지해서 씨족이 모여 사는 것을 의미하오. 그렇기 때문에 씨족이 걸핏하면 자리를 옮겨가며 살아선 안 된다는 것이오. 양반이란 항상 의관을 정제하여 몸가짐을 흩트리지 아니하고, 찬물로 세수하고 입으로는 상것들끼리 주고받는 쌍소리를 담아선 안 됩니다. 그렇게 되면 응당 양반의 체통을 잃게 됩니다. 뿐만 아니라, 새소리, 바람소리, 물소리에 귀를 적시고 가슴 뭉클하며, 아침저녁으로 골목길을 내달리는 어린 후손들의 발소리에 귀를 기울이는 것을 낙으로 삼고 살아야 하오. 내 말 알아듣겠소?"

"알다마다요. 명심하겠습니다."

"광덕산 뒤쪽 기슭에 있는 석재를 팔아 치부하셨다고 말했지요?"

"예."

"이젠 돌쟁이 과거 같은 것은 잊어버리시오. 누가 귀를 잡아당기며 물어봐도 그런 일이 없다고 시치미를 딱 잡아떼야 합니다. 고릿적부터 땅을 뒤져 나오는 돌을 팔아 양반 행세해서 성공한 일이 없습니다."

"명심하겠습니다."

뿐만 아니라, 그의 조언을 따라 우선 굿판부터 열어 잡귀를 내치는 일부터 벌이기로 했다. 어진을 손에 넣었다면 쉬쉬하고 숨길 것이 아니라, 굿판을 벌여 많은 사람들이 알게 되어야 소유권이 인정된다는 풍수의 감언이설이 그럴듯했다.

"선생님을 모시게 된 것부터가 저희 가문에 크나큰 영광입지요."

"장차 어찌하시렵니까. 이것은 보물 중에도 국보급입니다."

"여부가 있습니까. 태조대왕이라면 말씀하신 대로 국보가 틀림없겠지요."

"우선 굿판 차릴 준비나 서두르시오. 내가 잘 아는 무당을 소개시킬 것이오."

초조하고 흥분되고 긴장감이 극도에 치달았던 점석씨는 온몸이 사시나무 떨듯 했다. 지관이 다시 물었다.

"이 영정을 수습했다는 사실을 알고 있는 사람이 몇입니까."

"저만 알고 있지요."

"가족들도 모릅니까?"

"집사람만 알고 있습지요. 그런데 집사람은 도깨비나 몽달귀신으로 알고 있습니다."

"무식한 아녀자들이란 우리나라 어딜 가도 널려 있는 개똥 같은 것이지요."

"무식하지만 부지런한 여자입니다."

"부지런하면 어디다 쓰겠습니까, 무식한데…… 집구석에 들어앉아 길쌈이나 하는 아낙네가 뭘 알면 얼마나 알겠소."

"우리 가문의 장손을 낳아준 괜찮은 여잡니다. 너무 그렇게 헐뜯지만 마시지요."

그때 지관이 버럭 화증을 돋우면서 거침없이 점석씨를 면박주었다.

"아니, 내 말이 틀렸습니까? 태조대왕 영정을 보고 도깨비라고 깎아내리는 여편네를 보고 무식하다는 말이 틀렸습니까?"

"아니…… 그게 아니고……"

"아니라니? 뭐가 아니란 말이오?"

"죄송합니다."

"어쨌든 굿판을 벌인 이후부터는 어떤 놈이 비웃고 조롱한다 할지라도 행동거지를 신중하게 가져야 합니다. 앞장선 사람이 깨끗한 물을 마시는 법입니다. 차후로는 어떤 난관이 닥친다 해도 선비의 행세를 해야 하고 체통을 위중하게 지키는 사람이 되어야 합니다. 집안에서나 집밖에서나 밤이나 낮이나 의관을 갖추고 살아야 합니다. 운명이라고 생각해야 합니다. 거역하면 문중이 쥐도 새도 모르게 파경을 맞게 될 것이오. 세상사는 어둡고 고난중에라도 찾아보면 필경 좋은 선물이 있는 법이오. 생원님이 바로 그런 선물을 받은 것이오. 그리고 들어온 복을 지키지 못하면 빼앗긴다는 뜻이기도 하지요. 호사다마란 말이 있습니다. 좋은 일에는 필경 마가 끼기 마련입니다. 내 말 알아듣기나 합니까? 복이 화를 부를 수도 있고, 화가 복이 될 수도 있습니다. 콧등에서 저승의 냄새가 날 때까지 멸시당하는 일이 없도록 체통을 지키는 데 온갖 도리를 다해야 합니다. 그게 양반이란 사람이 살아가는 이치란 게요."

"그럼요. 촌구석에서 그럭저럭 살고 있지만, 귀까지 어둡겠습니까."

"내 가치를 지켜줄 사람은 나 자신뿐이란 걸 명심하시오. 조선 시대 때는 우리 백성 대다수가 성도 없이 이름만 가지고 살았어요. 도치니 삭불이니, 야단이, 걸귀, 악바리, 구두쇠니 하는 게 바로 그 이름들이지요. 일제가 침략해서 호적법이 만들어지고 난 뒤에야 성도 없이 개돼지처럼 살던 사람들이 비로소 성을 가지고 행세하게 되었어요. 이거 거짓말 아닙니다."

"금시초문이네요."

"그러니까 무식하단 소릴 듣지 않겠소."

어찌된 셈인지 점석씨가 강풍에 실려 나뭇가지에 걸린 초상화를 보관하고 있다는 소문은 삽시간에 온 동네에 퍼지고 말았다. 하늘에 새가 날아다니고 쥐가 다락방을 들쑤시고 다니는 한 비밀이란 존재할 수 없는 모양이었다. 점석씨의 고민은 깊어졌다. 그 영정을 반드시 지키고 싶었기 때문이다. 민속박물관 같은 곳에 기증한다든지, 골동품상을 불러 팔아버릴 수도 있었다. 그러나 유혹이 들 때마다 생각나는 것은 관씨 문중의 가보로 보관하는 길을 찾으라던 풍수의 엄중한 가르침이었다. 관씨 문중에 찾아온 광명을 놓치지 말라던 말이 귀에 쟁쟁하여 사라지지 않았다.

"마당 한쪽에 회화나무 몇 그루를 심어 명문가라는 표시를 하시오. 그래야 타지에서 온 방문객들이 마을을 들러도 얕보지 않습니다. 회화나무를 구하기 어려우면 능소화나무를 심어요. 그 나무는 옛날 중국 사신들이 가지고 들어온 것이어서 양반 나무가 된 것이오. 복숭아나 능수버들 따위는 심지 말아요. 모두가 귀신과 관련이 깊기 때문에 그런 나무는 집안에 심는 게 아니오. 양반 행세하는 게 그리 손쉬운 게 아니란 것을 아셔야 합니다."

"알겠습니다. 그리 조치하지요."

문중에서 반대할 사람은 없었다. 감자나 땅콩을 심어 소출을 내던 박토에 가근방에서는 보기 드물게 번듯한 영당이 세워지고 읍내 유지들까지 참여한 첫제사를 지내고부터 마을의 면모가 옛날과는 판이하게 달라졌다. 해발 육백 미터 와우형臥牛形 명당에다 지은 영당에서 눈 아래로 바라보면, 전통 와가와 초가가 조화롭게 배치된 옷갓마을 전체가 하늘 아래 노출되어 있었다. 그래서 뭔가 숨기거나 속임수를 쓸 여지가 없었다. 한 달에 한두 번, 맑은 하늘인데도 이상하게도 영당이 서 있는 언덕 근처에만 난데없이 거센 비바람이 몰아치곤 하였지만 피해는 찾아볼 수 없었다. 기왓장 하나 어긋나는 법이 없이 언제나 온전했다. 주변에는 느릅나무, 돌배나무, 밤나무 들이 듬성듬성 들어서 있어 그윽하고 은은하였다.

그로부터 누가 먼저랄 것도 없이 관점석씨를 농사꾼이 아닌 생원님으로 불렀다. 첫제사를 지낸 뒤부터 마을 사람들과 읍내 유지들이 앞다투어 생원님으로 부르는 데 주저하지 않았다. 그때부터 점석씨는 농사일에서 손을 떼버렸다. 조선시대부터 선비는 농사를 짓지 않는다는 전통을 지키라는 권유가 여기저기에서 빗

발쳤기 때문이다. 선비의 체통을 지키려면 의관을 갖추는 데 신경을 써야 했다. 행동거지를 촐싹거리지 않고, 옆에서 벼락이 떨어져도 경박스럽게 놀라지 않으며, 외출할 적에도 혹여 땅이 꺼질세라 한 발짝 한 발짝 신중하게 떼어놓아야 한다는 추상같은 권유를 받았다. 밥은 반 그릇만 먹고 국을 소리나게 훌쩍거리지 않아야 하며, 사람을 바라봄에 곁눈질해서도 안 되고, 말을 천천히 하고, 궐련을 피우지 말고 담뱃대로 피워야 한다고 가르친 사람은 그 집에서 석 달간 공짜 밥을 먹어가며 마을 전체를 들었다 놓았다 좌지우지한 풍수였다. 그로부터 관씨 문중 사람들은 바깥출입을 할 때 반드시 의관을 정제했기 때문에 대밭골이란 본래의 마을 이름 대신 옷갓마을로 바뀌었다. 마을 사람들이 출입할 때 반드시 의관을 정제했기 때문에 붙여진 이름이었다.

3

건넌방으로 들어갔다가 숨을 거둔 채로 누워 있는 남편을 발견한 장여사는 멍하니 퍼질러 앉아 있을 뿐이었다. 무엇 하나 집히는 게 없었기 때문에 목이 메마르고 말문이 터지질 않았다. 혓바닥만 바싹바싹 타들어갔다. 방바닥을 치면서 내쏟는 통곡은 원망할 게 있거나 못다 이룬 것이 있어야 비로소 명분이 생긴다. 그러나 대규씨에겐 그런 것이 없었기에 넉장거리로 울 것이 없었는지도 모른다. 살아생전 그는 세 살 손위인 아내의 애물단지로만 살았다. 장여사는 심술이 터질 때마다 그를 조롱거리로 삼았다.

"당신이라고 할일이 없겠어? 그렇게 뭉그적거리지 말고 세상으로 나가봐. 키 작은 사람도 할일들이 차고 넘쳐. 사십 리 밖에 있는 읍내에만 나가도 중국집에서 배달할 사람을 찾는다고 안내문 붙여놓은 걸 봤어. 어디 그뿐인가, 도회지로 나가면 빌딩 계단

청소할 자리도 쌔고 쌨어. 그것도 힘들다면 아파트 배수관 타고 올라가 빈집을 털어도 밥값은 거뜬히 할 테지. 그렇게 된소금에 절인 배추처럼 기가 빠져가지고 밥만 축내면 쓰나."

"내가 도회지로 나가면 태조대왕 화상 모신 영전은 누가 돌보나?"

"그놈의 영전 타령 그만해. 당신 사촌 복길씨가 가끔 들여다봐도 그 하찮은 건물 대들보 안 무너져. 태조대왕이 당신 할애비야?"

"복길이가 영전 돌보는 일에 관심이 있을까."

"이 없으면 잇몸으로 살지."

"이 없으면 잇몸이 시리다는 말은 들었어도 잇몸으로 산다는 얘긴 처음 듣는군. 날보고 그만 살고 죽으란 말인지……"

"죽기는 싫은 모양이지."

"죽기 바라는 사람이 어디 있겠나."

"매몰찬 얘기지만, 죽어도 싸지. 당신 같은 존재를 보고 사람들이 뭐라고 하는 줄 알아? 식충이라고 불러."

"식충이건 익충이건, 죽어도 싸다니 내가 무슨 죄를 저질렀나?"

"아직도 내 말귀를 못 알아듣나? 영당에 딸린 위토답 삼천 평은 어째서 마을 번영회에 양도했나? 그 땅을 양도한 이유를 아직까지 말 않고 비밀로 하고 있잖아. 그게 너무 수상해. 그 땅이 당신 땅이야? 선대가 물려준 문전옥답 아닌가. 당신은 평생 벌어들인 재산은 없이 선대가 물려준 재산을 축내지 못해서 안달이잖아. 그만하면 죽어도 싸다는 말 억울하지 않아."

"정말 내가 죽기를 바라는군."

"맞대놓고 말 못해서 그렇지, 그럴지도 모르지. 어떨 땐 잠잘 때 들어가서 목덜미라도 조르고 싶은 심정이야."

"내가 아직까지 목숨이 붙어 있는 걸 하늘에 감사해야 할 판이군. 가족이란 사람이 두 번 다시 보지 않을 것처럼 악담하는 게 아니야. 문밖에서 누가 들을까봐 겁나는군."

"난 누가 엿듣기라도 했으면 좋겠어."

"집안 망신 못 시켜서 심술이 하늘 끝까지 닿았군."

"그건 당신이 할 말이 아니고 내가 할 말이야. 내가 없었다면 이 집구석 진작 거덜나서 거리로 나가 바가지 차고 구걸하고 다녔을 테지."

장여사는 남편의 기색이 언짢아 보이건 말건 거침없이 퍼부어댔다. 그런데 막상 숨을 거두고 누워 있는 시신을 보자니, 평소에 막말만 했던 후회가 애간장을 파고들었다. 그러나 시신 곁에 아무리 오래 앉아 있어도 눈물은 나지 않았다. 관씨 가문의 장손이란 작자에게 시집와서 이날까지 모든 가계 일체를 자신이 혼자서 감당하는 동안 가슴속에는 원망만 가득했고, 그 원망이 허수아비처럼 무능력하고 심약한 남편에게서 비롯되었다고 생각하기 때문이었다. 장여사가 남편에게 반감을 가지고 있었던 것은 어쩌면 당연한 일인지도 몰랐다. 그들 부부의 금슬을 결정적으로 망쳐놓은 것은 공교롭게도 같은 마을에 살고 있는 사촌 관복길이란 인물이었다. 대규씨와 복길씨 사이에 벌어진 일들에는 장여사가 알게 되면 집안이 발칵 뒤집힐 비밀이 숨어 있었다.

관복길은 서울의 금융업계에서 종사하다가 돌연 고향인 옷갓마을로 돌아와 마을 번영회의 총무직을 맡아 열성적으로 활동하고 있었다. 그가 도회로부터 귀촌할 때 가지고 돌아온 것은 챙겨야 할 이권이 어디에 있는지 냄새를 잘 맡는다 해서 개코라는 별명 한 가지와 남의 고통 따위는 석 달이라도 참을 수 있다는 처세술이었다. 개코라는 별명을 얻게 된 근저에는 그만이 겪은 남다른 경력이 있다. 그가 칠 년 전, 옷갓마을의 옛 이름인 대밭골을 떠나 객지 생활을 시작한 곳은 누구나 그렇듯이 서울이었다. 시골구석에서 오래 살게 되면 그곳이 세상의 전부라 생각하기 쉽다고 날마다 으르렁대던 아버지 관갑출씨의 성화에 떠밀려 고향을 떠난 것이었다.

서울에 도착한 그의 수중에는 석 달 정도 굶지 않고 견딜 만한 노자뿐이었다. 그 알량한 노자가 거덜나기 전에 서울 생활을 이어나갈 수 있는 터전을 잡아야 하는 절박한 형편이었다. 맨 처음 자리잡은 숙소는 서울의 동쪽 변두리에 있는 고시원이란 곳이었다. 한 사람이 겨우 몸을 비틀어 들어갈 수 있을 뿐 비루먹은 강아지 한 마리도 곁에 두고 키울 공간이 없는 그 숙소의 맞은편은 화장실이었다.

그의 방에는 밤낮으로 화장실에서 풍기는 똥내와 지린내가 진동을 했다. 그 방이 제일 헐값이었기 때문이었다. 똥냄새도 견디기 어려웠지만, 고시원 전체에 화장실이 하나뿐이었기 때문에 초저녁부터 이튿날 아침까지 끊임없이 사람들이 들락거려서 소주를 마셔 취하지 않고는 잠들 수가 없었다. 엎어지면 코 닿을 자리에 있는 편의점으로 가서 누가 볼세라 소주 한 병을 벌컥벌컥 들이켜고 난 뒤 방으로 들어와 곯아떨어져야 그 지독한 냄새로부터 격리될 수 있었다. 그러나 언제부턴가 화장실을 드나들던 입실 선배들이 걸핏하면 방문을 벌컥벌컥 열고 취해서 곯아떨어진 그를 들깨웠다. 어섯눈을 뜨고 웬 북새통이냐고 물으면 냉큼 일어나서 화장실에 토해놓은 걸 치우라는 것이었다. 토한 일이 없는 것 같은데, 막무가내로 윽박지르면서 토사물을 치우라고 험악한 상판으로 멱살을 잡고 흔들어댔다. 취중에 자신도 모르게 저지른 일인지도 모른다는 생각이 들어 고분고분 토사물을 치우기도 했다. 그런데 소주를 먹지 않고 들어와서 얌전하게 잠든 날도 화장실 토사물이 쌓이면 반드시 그를 지목하여 청소를 시키는 것이었다. 그러나 먼저 입실한 고시원 선배들이 단체로 합세하여 그를 지목하고 괴롭혔기 때문에 그때마다 곱다시 당할 수밖에 없었다. 한번은 너무나 억울해서 뒷덜미를 잡고 흔들어대는 입실 선배의 따귀를 냅다 쳤다가 집단폭행을 당해 열흘 동안 바깥출입을 못한 적도 있었다. 그들은 폭행뿐만 아니라, 갖은 욕설까지 퍼부었다.

"이 촌놈의 새끼가 서울이 뭔지도 모르고 기어올라와서 하늘 높은 줄 모르고 날뛰고 지랄이야. 서울이 네 엄마인 줄 알아?"

"저리 가, 이 똥개 새끼야. 선배를 뭘로 알아."

"이 새끼 봐. 바지에 오줌 쌌잖아."

배를 타면 견디는 것 말고는 할 수 있는 게 없다는 것쯤은 알고 있었다. 남은 것은 말린 탱자처럼 쪼그라든 불알 두 쪽뿐인 신세였으므로 괄시와 홀대에도 성깔 부릴 것 없이 순순히 감내해야 한다고 생각하고 있었다. 운명 앞에서는 바보가 될 수밖에 없었다. 그 운명을 걷어차고 나설 수 있는 마법이 그에겐 없었다. 그런데 희한하게도 고시원 생활 넉 달째에 그는 비로소 그 화장실 청소에서 탈출할 수 있는 기회를 포착했다. 그것은 공교롭게도 그에게 끊임없이 소주를 조달해주었던 편의점에서였다. 그곳에서 알바를 하고 있는 청년은 매일 도회의 거리를 배회하며 기웃거려보았자 이렇다 할 일자리를 못 잡고 허탕만 치고 돌아오는 그가 보기 딱했던 모양이었다. 어느 날 청년이 소주를 사는 그에게 전단지 한 장을 내밀며 말했다.

"아저씨, 여기 한번 가보는 게 어떠세요?"

청년이 내민 정보지 한쪽에 붉은 색연필로 동그라미를 친 광고가 보였다. 길거리에 설치한 전단지 함에서 흔히 볼 수 있는 정보지였다. 시큰둥한 그의 표정을 읽은 청년이 말했다.

"밑져봐야 본전 아니겠어요. 노동일은 죽어도 싫으신가본데 이런 곳에라도 찾아가보세요."

붉은 색연필로 동그라미가 쳐진 곳에는 제2금융권 영업사원 모집 광고가 있었다. 물론 그는 그런 정보지를 여러 번 보았으나 그때까지는 마냥 스쳐보았었다. 청년이 부추겼다.

"자세히 읽어보세요. 어쩌면 시궁창 속에서 진주를 캘 수 있을지도 모르잖아요."

그 말이 솔깃해서 자세히 광고문을 읽었다. 당장 눈에 들어오는 것은 '당일 취업 가능'이란 활자였다. 이튿날 당장 변두리에 위치한 오층 빌딩의 회사로 찾아갔다. 조그만 방에 테이블 다섯 개가 서로 마주하고 있는 제2금융권 회사였다. 실장이란 직함을 가진 비서의 안내를 받아 다른 방으로 들어서자 검은 정장을 차려입은 오십대 사내가 커다란 사무용 테이블 위에 두 팔을 올려놓고 앉아 있었다. 얼핏 보아도 체구는 크지 않았으나 준수하다는 느낌을 주는 사람이었다. 그는 시종 웃음 띤 얼굴로 그에게 커피를 권했다. 처음부터 끝까지 아주 우호적이었다. 비틀어 물듯이 면박을 주지도 않았고, 시시콜콜 따지지도 않았고, 엉뚱한 걸 묻지도 않았다. 오래전부터 안면을 트고 지내온 사이처럼 시골에 계시는 부모님의 건강은 어떠시냐고 물었다. 우쭐했던 그는 시골집에 대해 부농이라고 과장되게 떠벌렸고, 사장 역시 귀기울여

진지하게 들어주었다. 이력서를 가지고 왔느냐고 묻지도 않았다. 면담이 이십여 분 이어진 뒤 그는 손쉽게 제2금융권 신용회사에 입사하게 되었다. 사장은 말했다.

"입사에 필요한 서류는 나중에 시간 되는 대로 제출하세요."

사장은 절대로 거들먹거리지 않았고, 사람을 깔보는 시선으로 바라보지도 않았다. 그것으로 그는 당일 취업이 아니라, 즉석 취업이 되었다. 세상이 이런 것이로구나. 뭔지 모르지만 그런 생각이 들었다. 단 한 시간에 처지가 백팔십도로 뒤바뀐 것이었다. 시궁창에서 진주를 캘지도 모른다는 청년의 말이 머릿속을 스쳐갔다. 그런 점에서는 의심의 여지가 없었다. 취업한 지 사흘 만에 중고이긴 하지만 혼자서 굴릴 수 있는 승용차 한 대가 배정되었고, 비서를 뒤따라갔더니 양복 두 벌과 구두까지 구입해주었다. 비서가 백화점을 나오면서 나직하게 물었다.

"미혼이시죠?"

그는 얼떨결에 그렇다고 대답할 뻔했다. 예쁘지나 말지, 고향 옷갓마을에서는 눈을 씻고 보아도 없었던 얼굴이 동글납작하고 하얀 여자로부터 객지 생활에 찌들고 비틀어진 그가 그런 질문을 받다니, 눈물이 쑥 빠지려 했다. 하마터면 대성통곡을 토할 뻔했다. 그러나 얼떨결에 기혼자라고 대답해버렸다. 당장 후회하고 말았지만. 얼핏 눈치를 살폈더니 비서도 기혼자라는 대답에 그다지 실망하는 눈치는 아니었다. 실망하지도 않을 것을 왜 물어봤나 싶었으나 가슴에 후회만 남았다. 백화점을 나와 카페에서 커피를 마실 때 그녀는 딱 한마디 덧붙였다.

"우리 회사에서 근무하려면 의상에 신경 많이 써야 해요. 못생긴 사람 보면 괜히 피곤해지잖아요. 그런데 댁은 키도 훤칠하고 잘생겼잖아요. 항상 웃는 얼굴로. 그거면 돼요. 컴퓨터 앞에 앉아서 하루종일 채팅하게 하거나 서류 작성 같은 골치 아픈 일을 시키지 않고 외근으로 배당한 것만도 얼마나 큰 축복이에요."

"정말 감사합니다."

"저한테 감사할 것 없어요. 사장님 배려니까요."

"앞으로 많은 지도 편달 바랍니다."

"지도 편달까진 가지 않아도 돼요. 서로 도움 주고 배려하고 살면 되지요."

"제가 어찌 실장님을 잊을 수 있겠습니까."

"너무 멀리 가지 마세요. 실장까지 안 가도 돼요."

"실장님, 말씀 한마디라도 고맙습니다."

"조언쯤이야 아끼지 않을게요, 우리 회사에 재직하실 동안. 그런데 항상 어딘가 겁에 질린 사람처럼 어리바리하게 굴지 말아요. 그러면 다른 사람들 눈에 한심한 사람으로 보여 괄시받기 쉬워요. 이건 기억해두세요."

"명심하겠습니다."

"자신 있으세요?"

"그럼요. 누구 말씀이라고요."

"어깨 쭉 펴고요."

"지금 펴고 있습니다. 보세요."

취업한 지 한 달 만에 공동 화장실이 가물가물 먼발치로 바라보이는 다른 고시원으로 숙소를 옮겼다. 그전 고시원을 하직하고 떠날 때는 화장실로 몰래 들어가 손을 목구멍에 넣고 휘둘러 여기저기 마음껏 토해놓고 나와버렸다. 새로운 숙소는 회사에서 소개해준 방이었다. 나중에 알아낸 것이지만 비서실장의 아버지가 경영하는 고시원이었다. 그런들 무슨 상관인가. 오히려 다행이었다.

월급날은 들쑥날쑥 일정하지 않았고, 어떤 달은 건너뛰기도 하여 대중이 없었다. 겨우겨우 먹고살았으나 언제나 말쑥한 신사복 차림으로 살아간다는 것에 만족했다. 식사는 사건이 발생했을 때, 채무자 집에서 해결했다. 그에게 주어진 역할은 채권자로부터 위임받은 채무자 집으로 무작정 쳐들어가서 그 집 안방이나 거실 소파에 길게 드러눕는 것이었다. 길게 드러누워도 강아지 한 마리가 더 앉을 수 있는 공간이 남는 소파도 있었다. 상무님 이하 직원 서너 명이 함께 행동했다. 그들의 진군은 어느 누구도 가로막지 못했다. 채권자로부터 받은 위임장 한 장만 있으면 모든 것을 해결할 수 있었다. 그들은 그 집 가족들이 식사할 때는 뒤쪽으로 물러앉아 있었고, 그 집의 냉장고 문을 열어보는 일 따위는 삼갔다. 그 집의 가족이 들면 함부로 대화 나누는 일도 삼갔다. 그러나 텔레비전에 저질 가요 방송이나 꽝꽝 틀어놓고 시청하다가 트로트가 나오면 시시덕거리며 큰 소리로 같이 불렀다. 거실 한가운데 퍼질러 앉아서 발톱 탁탁 깎고 아무데나 버리기, 온 집안이 발칵 뒤집히도록 쌍소리로 전화하기, 소파에 길게 누워 콧구멍 후비기, 양말 빨아 식탁 위에 올려놓고 말리기, 치킨 시켜 먹으며 회사원들끼리 입 다물고 처먹으라고 쌍욕하기, 거실에서 망가진 연처럼 구겨진 채로 낮잠 자며 밑도 끝도 없는 잠꼬대 늘어놓기, 나는 가난한 이방인 나그네, 슬픈 세상을 여행하고 있다네, 수고도 질병도 고통도 없는 밝은 곳으로 찾아 떠난다네…… 이상한 노래 부르기.

그 집 가족들에게 멸시와 모멸감을 안길 수 있는 주제를 찾아서 될 수 있는 대로 저질로 보이도록 행동했다. 사장의 지시 사항이 그랬다. 저질 인간으로 보일수록 수확은 빠르다고 가르쳐주었다. 그래서 그 집에 살고 있는 젊은 여성에게 성희롱으로 지탄받을 만한 일이 아닌 이상 밉상으로 보일 온갖 짓거리를 아무렇지도 않게 저질렀다. 그들이 안방과 건넌방을 점령하면 그 집 가족들은 거실 바닥에서 새우잠을 잤다. 수십 년 동안 평온을 유지해오던 가족들의 응집력은 회사원들의 점령으로 말미암아 순식간에 와해되었다. 점령하고 사흘을 넘기기 바쁘게 그들의 인내심은 한계를 드러낸다. 처음에는 회사원들을 악당으로 부르거나, 마귀로 부르거나, 조폭이나 사기꾼으로 부르며 온갖 욕설을 퍼부었다. 가족들이 경찰을 부르겠다, 변호사를 부르겠다, 고소를 하겠다, 하고 으름장을 놓아도 회사원들은 귀먹은 사람들처럼 들은 척도 안 했고, 완력을 쓰거나 맞장을 뜨지도 않았다.

그 모두가 소용없는 일이란 것을 가족들이 먼저 알고 있으면서 발악을 하고 있을 뿐이었다. 인내심이 한계에 이르면 원망의 화살을 응당 서로의 가슴으로 돌리기 마련이었다. 케케묵은 일을 들추어 서로 반목하고, 홀로된 유기견처럼 울부짖고, 손위 손아래 가리지 않고 삿대질하고 곤두박질하는 꼴은 차마 바라보기 민망할 정도였다. 그러나 제2금융권 사람들은 감 놓아라 대추 놓아라 할 것이 아니란 생각으로 바라보기만 할 뿐이었다. 그 가족들이 만들어내는 반목과 혼란이 끝 간 데 없이 치달을수록 회사가 노리고 있는 결과도 빨리 나온다는 것을 익히 알고 있었다. 스스로 비루하거나 천박한 직업이란 생각이 들긴 했지만, 오직 한 가지, 제2금융권 회사에서 근무하고 있다는 자긍심 한 가지로 그 회사에서 이 년을 그럭저럭 버텼다. 비서실장 이외에 달리 연줄이 없었기에 취업할 수 있는 여지도 없었다. 몸부림쳐봤자 눈길 한번 주는 사람 없는 절해고도에서 살아가는 기분이었다. 그나마 비서와 마주앉아 차 한잔 마시고 자장면이나 사 먹는 게 받을 수 있는 위로의 전부였다.

자장면부터 먹고 차를 마시는 게 통상적인 순서였는데, 비서실장이란 아가씨는 만날 때마다 차부터 마시자고 제안했다. 그로서는 조금도 이상하게 생각하지 않고 그녀의 의견에 따를 뿐이었다. 그 여자의 취향은 좀 별나다 싶었으나 그 여자 아니면 그를 상대해줄 여자가 서울에선 두 번 다시 없었다.

그처럼 뒤틀린 생활에 종지부를 찍게 된 것은 고향 옷갓마을에 다녀온 이후였다. 오랜만의 무급 휴가였다. 그가 고향을 떠날 때는 마을을 대밭골로 불렀다. 그런데 이 년 후에 돌아와보니 옷갓마을로 부르고 있었다. 그 이름으로 아름다운 마을 이름 경연대회에 나가서 장려상까지 받았다고 했다. 마을 이름이야 개똥마을이라고 한들 무슨 상관인가 싶었다. 옷갓마을로 와서 이틀이 지난 오후였다. 마을 아이들이 제방 위에 주차해둔 승용차를 뒤지다가 트렁크를 열게 되었다. 중고차니까 잠금장치가 허술했던 탓이었다. 그의 아버지가 아이들을 뒤따라 나가서 트렁크에 실려 있던 물건들을 그의 코앞에 들이댔다. 그것은 피 묻은 각목 세 개와 포승줄 같은 것들이었다. 각목에 묻은 피는 사람의 것이 아니라, 돼지의 피라고 말했으나 그의 아버지는 곧이 듣지 않았다. 아버지의 끈질긴 추궁에 견디다 못한 복길씨는 비로소 자기의 본색은 사채업자의 행동대원이라고 고백해버렸다. 아버지의 얼굴이 수치심으로 벌겋게 달아올랐다. 땅 파는 일밖에 아는 것이 없었던 아버지 관갑출씨는 정말 난생처음으로 혓바닥까지 굳어버리는 분노가 차올랐다. 목이 멨던 그는 눈물을 글썽이며 아들에게 말했다.

"그 수상한 회사 당장 그만둬라."

"아버님, 각목은 그냥 멋으로 들고만 다녔지, 그것으로 인생을 두들겨팬 적은 한 번도 없었습니다."

"그럼 각목은 무엇 때문에 차에 싣고 다니나?"

"제2금융권에 취업하게 되면 기본적으로 갖추고 있어야 할 것들입니다. 학생들로 치면 책가방 같은 것이지요."

"잘났다 이놈, 사람 패지 않을 것이면 각목은 소 잡으려고 갖고 다녔냐?"

"우리같이 제2금융권 사람들은 채무자 집에 들어가서 드러눕기만 하는 것입니다. 사람들에게 폭력 같은 것은 행사하지 않습니다."

"그럼 뭘 했나?"

"거실에 앉아서 발톱이나 잘랐지요."

"그거 정말이냐?"

"그럼 아버님 앞에서 거짓말하겠습니까."

"한심한 놈. 남의 집에 가서 발톱이나 자르려고 서울까지 무단으로 기어올라갔나? 그 깡패 회사 당장 그만둬라."

"당장 그만두기는 어렵습니다."

"못 그만두다니? 감옥까지 가야 직성이 풀리겠나?"

"선불로 받은 급료도 있기 때문에 빠져나오기 힘듭니다."

"문중 사람들이 눈치챌까 무섭구만, 어찌 우리 옷갓마을에 네

놈 같은 아수라가 생겨났다는 말인가."

"아버님 죄송합니다."

"죄송하다고 될 일이 아니다. 나하고 같이 조용히 서울로 가자. 그 사장이란 악귀를 만나 단판을 짓자. 그놈은 악마다. 사지가 멀쩡한 남의 귀한 자식을 불러들여 각목 들고 설치는 조폭으로 만들어놓은 죄를 반드시 물어야겠다."

"그분은 아버님 생각처럼 그렇게 호락호락한 사람이 아닙니다."

"호락호락하지 않다는 것은 안다. 너같이 나약하고 겁 많은 녀석을 조폭으로 키운 작자가 호락호락한 위인이겠냐. 그러나 자식 하나 올곧게 키우지 못한 아비가 호락호락하지 않은 사장 한 놈 상대할 배짱이 없을까. 나도 목숨 걸겠다."

"후환이 있을까 두렵습니다."

"후환이 따르더라도 지금은 딴 방도가 없다. 지금 당장 해결하지 못하면 호미로 막을 일을 가래로 막게 된다. 징징대지 말고 나하고 같이 올라가자."

아버지 관갑출씨가 험악하게 나왔으나 아들 복길씨도 진작 물러날 낌새가 아니었다.

"사장님은 저의 멘토입니다."

"멘토가 뭐냐?"

"말하자면 섬기고 싶은 사람입니다."

"섬기다니? 늙은 애비 앞에 두고 그게 할말이냐?"

"어쩔 수 없습니다. 저도 살아야지요."

"고얀 놈. 서울 가더니 좋은 거 섬기고 있구나."

"아버지, 너무 그렇게 몰아붙이지 마세요. 서울 가보세요. 우리 사장님 같은 분 쌔고 쌨어요. 사장님은 별종이 아닙니다."

"정신 나가버렸구나."

"남의 돈 떼먹고 갚지 않는 사람이 나쁜 사람이지, 그 돈 갚으라고 각목 휘두르는 사람이 왜 나쁩니까. 아버지 그거 아세요? 잘못 생각하고 계십니다."

"넌 그런 아귀 같은 사람 졸개 노릇이나 하는 게 좋으냐?"

"졸개라니요? 그거 아세요. 저 며칠 전에 부장으로 승진했습니다."

"부장에게는 각목이 몇 개나 지급되나?"

"그야 능력 나름이지요."

"네가 그거 아느냐고 자꾸만 다그치는데, 그 사장이란 위인은 도려내야 할 종양이다."

"아버지 그런 말씀 마십시오. 사장님이 들었으면 고소감입니다."

"이제 보니 너 못하는 말이 없구나. 내가 네 애비 되는 사람인 것은 맞나?"

"제가 눈이 뒤집혔다 해도 절 낳아주신 아버님을 몰라보겠습니까."

복길씨는 아버지를 설득해서 난처한 처지를 벗어날 수 있는 길이 없다는 것을 깨달았다. 곧장 상경해서 사장과 만나 담판이 시작되었다. 그런데 전혀 예상하지 못했던 상황과 마주쳤다. 그것은 사장이란 사람이 느닷없이 적의를 품고 찾아온 갑출씨를 적대시하거나 기피하려는 기색을 보이지 않는다는 것이었다. 그는 매우 우호적인 표정으로 아버지와 아들을 맞이했다. 마치 찾아올 것을 예상하고 있었던 것처럼 당황하지도 않았고 엄살을 떨지도 않았다. 그의 발걸음은 고양이처럼 조용했다. 각목 들고 설치는 부하직원을 통솔하는 사람이라고는 상상조차 할 수 없을 정도로 행동거지가 부드럽고 조용했다. 그는 볼품없고 비쩍 마른 늙은이를 정중하게 상대했다. 대접마저 융숭했다. 시종 웃는 얼굴을 하고 첫마디로 복길씨의 퇴사를 돕겠다고 나섰다. 아무런 함정도 두지 않았다. 사장은 다만 실장으로 부르는 비서가 타자로 깨끗하게 정리한 청구서 한 장을 내밀면서 나직하게 말했다.

"합리적으로 해결할 방법이 왜 없겠습니까. 조용하고 깨끗하게 해결하고 싶으시겠지요?"

"그렇다마다요."

"청구서 자세히 읽으시지요."

청구서에는 복길씨가 받아 굴리고 있던 중고차 대금, 처음에 사주었던 세 벌의 양복값, 사건이 없을 때 받았던 월급 육 개월

분, 출처를 알 수 없는 이러저러한 식대, 차량 유지비와 수리비, 교육비, 품위 유지비 같은 항목이 들어 있었다.

"아버님이 직접 찾아오셔서 사정을 하시니 어쩔 수 없네요. 그러나 벼락이 떨어져도 셈은 똑바로 해야 하지 않겠습니까."

관갑출씨는 청구서를 받아드는 순간 항상 파랗게 보이던 하늘이 노랗게 보였다. 곱다시 당하고 말았다는 생각이 뒤통수를 쳤다. 흥분했던 나머지 이런 실수를 저지르게 되었다는 생각이었다. 그러나 곤경에 처한 외아들을 포기할 수는 없었다. 그 자리에서 떨리는 손으로 차용증서를 써주고 옷갓마을로 달려가 조카며느리인 장여사를 만났다. 이천 평이나 되는 밭을 담보로 맡기고 수천만원의 사채를 빌렸다. 급전을 빌려주면서 장여사가 물었다.

"작은 돈도 아니고 이렇게 큰 급전을 어디다 쓰려고 그러십니까."

"그럴 일이 있다네."

"제가 알아서 안 될 일입니까?"

"모르는 게 좋을 거야. 알게 되면 복장 터질 거라네."

"더욱 궁금하네요."

"빚진 돈은 곧 갚을 테니 걱정 말게."

"그러시니 더욱 궁금하네요."

"소문이나 내지 말게."

나중에 알게 된 일이지만, 회사원들이 농성을 벌였던 채무자들 중에는 가짜도 있었다. 사장과 한패가 되어 벌인 사기극이었다. 속았다는 느낌으로 가슴이 미어질 듯 아팠으나 이미 물건너간 일이었다. 뒷북을 쳐보았자 고난을 뒤집어쓸 일만 남았다. 빚을 갚고 나서 갑출씨는 복길을 보고 옷갓마을로 내려가자고 했다. 그러나 복길씨는 이미 소문이 쫙 깔린 마을로 내려가서 문중 사람들의 눈총을 받고 사느니, 서울에서 더 버텨보다가 도저히 견디지 못하면 내려가겠다고 싹싹 빌었다. 그 꼴이 민망해서 눈뜨고 보기 거북할 정도였다. 아버지 갑출씨가 얻은 것은 가슴속에 진하게 남은 회한의 상처뿐이었다. 소 잃고 외양간 고치는 꼴이 된 것이었다. 평생에 그런 수모는 두 번 다시 없을 것 같았다. 옷갓마을로 돌아가서도 문중 사람들이 눈치챌세라 쉬쉬하고 있어야 한다는 것도 참을 수 없는 능멸이었다. 복길씨도 냉큼 옷갓마을로 돌아갈 처지가 아니었다. 보기에 딱했던지 고시원 사장인 비서의 아버지가 일용직 일자리를 소개해주었다.

찾아간 곳은 시내 중심가에 있는 오층 건물 삼층에 있는 피부과 병원이었다. 좀처럼 밖으로 얼굴을 내밀지 않는 원장이란 작자가 있었고, 체구가 조그마하고 예쁜 여자 실장, 그리고 뚱보 간호사 두 명이 근무하는 병원이었다. 복길씨가 감당해야 할 일은 그 병원을 드나들며 진료를 받고 있는 단골 환자처럼 거실의 소파에 두 다리 쩍 벌리고 앉아 시간을 보내는 것이었다. 간혹 간호사들과 실없는 농담도 주고받으며 시시덕거렸다. 신문이나 잡지 따위를 읽고 있으려면 가뭄에 콩 나듯 발모 주사를 맞으러 오는 환자가 의구심이 가득한 시선을 하고 나타나곤 하였다. 복길씨가 그 피부과 병원에 진료하며 드나드는 가짜 고객으로 알바를 하게 된 것은 까닭이 있었다. 그의 머리숱이 남달리 무성했기 때문이었다. 발모 주사를 맞으러 병원을 방문하는 환자들이 머리숱이 무성한 복길씨의 모습을 발견하고 증거로서의 믿음을 얻도록 하기 위함이었다. 그리고 고급 아파트에서 살고 있다고 사기를 치는 기획실장으로부터 하잘것없는 일당을 받아 그날의 끼니를 해결했다. 발모 주사를 주입하는 그 병원을 다섯 달 가까이 드나들었어도 원장이란 작자의 낯과는 우연히라도 마주친 적이 없었다. 항상 문이 잠겨 있는 원장실에 사람이 존재하는지 아닌지도 알 수 없었다. 때때로 그 방에서 라디오 소리가 들리긴 했으나 잠깐 웅웅거리다 말았다. 그가 얼굴을 숨기고 사기를 치고 있는 피부과 의사였다는 것은 나중에야 깨달았다. 분명 국가가 인정하는 의사 면허증을 가졌을 텐데, 그런 사기를 치며 살아가는 의사가 있다는 사실에 복길씨도 가슴속에서 억 소리가 나도록 놀랐다. 평소에 마음속으로부터 존경해왔던 의사란 직업에 그런 사기꾼도 섞여 있다는 것이 너무나 황당하고 터무니없었다.

다섯 달째에 들어선 어느 날 사십대로 보이는 눈발이 시뻘건 두 남자가 각목을 든 채 느닷없이 병원 문을 박차고 쳐들어왔다. 그들은 불문곡직 병원의 모든 기물을 작살내고 돌아갔다. 그와 함께 복길씨 역시 모처럼 얻어낸 알바 자리를 잃어버렸다. 각목을 들고 병원에 나타난 두 사내 중 한 사람은 대머리였고, 일 년 전에 그 병원에서 두피 주사 한 대에 에누리 없이 이백만원씩을 지불하고 세 번이나 연거푸 주사를 맞았다고 소리쳤다. 오층 건물이 떠나가도록 부수고 소리치고 난동을 부리며 쑥밭을 만들어 놓는데도 경찰관은 나타나지 않았다. 신고하는 눈치도 아니었다. 간호사들은 악악 소리치며 휘두르는 각목을 피해 병원 여기저기를 도망다녔다. 실장이란 여자는 일찌감치 피신해 꼬리조차 보이지 않았다. 원장실은 빈방이었다. 그처럼 곱다시 당하고 있는 것을 보면 지은 죄가 녹록지 않다는 뜻이었다.

그 대머리가 이 병원을 찾아오게 된 것은 병원 복도에 확대해 전시한 유명 신문의 인터뷰 기사를 읽었기 때문이다. 많은 사람들의 입에 회자되는 그런 신문들이었다. 그런데 주의깊게 그 인터뷰 기사를 읽었다면, 그 기사의 구성은 상식을 벗어난 것이었다는 사실을 깨달았을 것이다. 인터뷰 기사엔 응당 같이 실렸어야 할 의사 본인의 사진이 눈을 씻고 찾아봐도 없었다. 그 원장이 이름만 의사 면허를 가진 진짜 날강도라는 뜻이었다. 복길씨 역시 날강도에게 일당을 받고 알바 생활을 한 것이었다. 그러고 나서 서울을 배회한 지가 삼 개월이었다. 몸을 의지하고 견딜 만한 처소가 서울에는 없다는 것을 비로소 깨달았다. 고시원을 나와 노숙자 보호소를 전전했다. 울고 싶었다. 그러나 이대로 옷갓마을로 돌아갈 처지도 못 되었다. 진퇴양난이었다. 하루종일 바쁜 사람처럼 서울 거리를 배회했다. 죽고 싶었다. 그러나 시쳇말로 그냥 죽으란 법은 없었다. 같이 노숙하던 늙은이가 그에게 귀띔한 것이 문득 떠올랐다. 그 늙은이는 말했다.

"이봐 젊은이, 목사님이 주는 무료 급식에 질리거나 급식 시간을 놓치면 가까운 종합병원 장례식장을 찾아가봐. 병원 장례식장 식사는 정해진 시간이 따로 없어. 아침이든 저녁이든 그냥 들어가서 식탁 앞에 척 앉기만 하면 무조건 한 상 차려줘. 누구시냐고 묻지도 따지지도 않아. 응당 조문객이겠거니 하는 거지. 그런데 장례식장 음식 대접 받으려면 옷차림은 말쑥해야 해. 조폭들처럼 검은 옷에 검은 넥타이를 매고 다녀. 그리고 명심할 게 또 있어. 일회용 면도기라도 항상 주머니에 넣고 다녀. 면도기 없으면 길위에 떨어진 사금파리라도 주워 턱수염을 밀고 다녀. 수용소에 갇혀 있던 유대인이 사금파리 하나로 수염을 깨끗이 밀고 다녀서 가스실을 모면하고 끝까지 살아남았다는 실제 얘기도 있어. 수염이 덥수룩하면 병색으로 보이거든. 넥타이도 잊지 말고, 뱃속에서는 거위가 꽥꽥거려도 옷차림은 변호사처럼 말쑥하게 차리고 다녀. 그래야 사람들이 의심하지도 않고 깔보지도 않아."

"선배는 노숙자 되기 전에 직업이 뭐였어요?"

"나? 그런 거 몰라도 돼."

"말씀해보세요"

"소문 안 낼 거지?"

"그럼요."

"처음에는 중학교 교사였지."

"두번째는?"

"선생 때려치우고 땅 보러 다녔지. 수입이 좋았어. 우리 삼촌이 옛날에 경기도에서 내로라했던 지관이었어. 풍수쟁이라고 얕잡아 불렀지만, 워낙 수입이 좋으니까 상관하지 않았지. 삼촌 따라 전국을 순회하면서 시골 사람들 감언이설로 등쳐서 돈푼깨나 챙겼지. 나중에는 독립해서 활동하다가 분수를 넘는 바람에 사기꾼으로 몰려 이 년 정도 대학 들어가서 살았지. 출옥하고 나니까 여편네가 몽땅 팔아가지고 애들 데리고 잠적하고 없더군. 길거리로 나섰지. 사람 팔자 구겨지는 건 간단해. 그러나 팔자가 꼬여도 눈 뜨고 살펴보면 굶어죽으란 법은 없다는 걸 가르쳐주는 게 세상살이야. 우리 세상은 잘 짜인 시나리오 속에서 굴러가고 있다구."

"그거 정말입니까."

"자네가 착해 보여서 보물과 다름없는 정보를 귀띔해주는 거야. 다른 놈들한테는 입도 뻥긋 안 해. 의심하지 말고 먹히나 안 먹히나 한번 해봐. 자칫하면 찌질이 소리 듣게 되니까 조심해서 한번 도전해봐. 뭘 좀 안다는 놈들은 의심이 많고 두려움이 많아서 조그만 자극에도 곧잘 움츠러들지만 뭘 몰라서 늑대 기질을 가진 놈들은 도전의 용기를 가지게 돼. 늑대처럼 살아봐, 얻는 게 많아. 너 그거 알아? 범죄자는 기록에라도 남지만 가난한 자는 그런 기록조차 남지 않아. 어떤 수단을 쓰더라도 가난뱅이로 손가락질받지 마. 가난한 사람은 누가 뭐라고 윽박지르지도 않는데, 자기 스스로 주눅이 들어서 못난 사람처럼 되기 쉽단 말이야. 화나는 일이 있어도 성질 죽이고 살아. 그거 알아? 기름진 땅에 벌레가 꼬인다는 거?"

"선배는 장례식장 같은 곳에 안 갑니까."

"내가 뭐라고 했어? 옷을 말쑥하게 입어야 한다고 말했잖아. 이 걸레를 입고 가면 응당 가짜라 해서 내쫓기고 말겠지. 자넨 보아하니 배에선 꼬르륵 소리가 나도 평소 옷은 깔끔하게 입고 다니더군. 바탕이 없는 놈은 옷이 무기야, 사람을 얕보지 않거든. 그걸 잊으면 안 돼. 자네 공무원 출신인가?"

"아뇨, 제2금융권에서 부장까지 승진하다 말았지요."

"여기 있는 노숙자들 중에는 제1금융권에서 근무하다 퇴직한 작자들도 있어."

"은행 말입니까?"

"제1금융권이라면 은행 말고 또 있나?"

"그런 사람들이 어쩌다 노숙자로 전락했을까요."

"마누라 잘못 만난 탓이지 뭐겠어. 평소에는 현숙한 부인이라 할지라도 돈 못 벌어오고 집에서 빈둥거리는 남편은 며칠 못 가서 똥개 취급당하게 돼 있어. 똥개가 뭔지 알지? 그게 우리 사는 세상 풍속이야. 쓸개 가졌다고 눈알 부라리고 잘난 척하고 대들었다간 며칠 못 가 쫓겨나기 마련이지. 어디 하소연할 곳도 없다니깐."

정말 그랬다. 무작정 대학병원 장례식장을 찾아갔다. 과연 많은 문상객들이 드나드는 그곳은 마치 저잣거리를 방불했다.

"넙치라는 고기 있지? 그것처럼 이 눈치 저 눈치 살필 것 없이 말쑥하게 차려입고 식탁 차지하고 삼 분만 기다려봐. 케이터링이라고 해서 급식 전문 업체에서 알바 하는 여자가 한 상 차려 내놓는다구."

"그런데 옆 식탁에 앉은 다른 조문객들이 수상하게 보지 않을까요?"

"구더기 무서워 장 못 담글까. 그때는 말이야, 멀찌감치 앉아서 한마디만 점잖게 거들어주는 거야. 고인께서는 살아생전 예와 효를 엄중하게 여겼던 분이시다. 그래서 애석하기 그지없다고 금방 울음을 터트릴 것처럼 입귀를 비쭉거리며 나직하게 말하는 거야. 그 한마디로는 좀 모자란다 싶으면, 사람 사는 게 다 그렇지요, 죽고 나면 한줌의 흙인걸요, 지나고 나면 거기가 거기지요, 별거 없어요, 천국과 지옥이란 게 종이 한 장 차이 아니겠습니까, 하면서 쓸쓸하게 웃어주든지. 그것도 아니면 분위기 봐가면서 한마디 거드는 거야. 알다가도 모를 일은 우리나라의 부동산 시세입니다, 서울이 먼지투성이다 전염병 온상이다 해서 사람 살 곳이 못 된다고 모두들 이구동성으로 핏대를 곤두세우고 난리 법석은 떠는데, 부동산 시세는 왜 그렇게 치솟는지 알 수가 없단 말입니다, 라고 허공에 대고 한마디만 툭 던지는 거야. 그러면 그다음부턴 자네가 더이상 끼어들 것도 없어. 저희들끼리 중구난방으로 서울을 도마에 올려놓고 난도질하면서 시골로 피난가자고 소주잔 부딪치고 브라보 하면서 지랄발광 하는 거야. 그때부터는 멀찌감치 앉아서 얘기를 듣고만 있으면 돼. 의심받을 거리가 없다구. 이것만 기억했다가 적절하게 구사하면 어느 개아들 놈이 자네를 가짜 조문객이라고 의심하겠나."

그 조언은 적중했다. 자리를 차지하고 앉아 있으려니 이삼 분이 채 지나지 않아서 소주 광고가 새겨진 앞치마를 단정하게 두른 사십대 중반의 여자가 밥그릇과 육개장, 지짐이 접시와 과일접시 그리고 송편과 무거리떡을 담은 접시를 쟁반에 담아 와서 식탁에 보기 좋게 진열하고 말 한마디 없이 등을 돌려 저만치 물러났다. 정말 누구냐고, 어디서 왔느냐고, 언제 갈 것이냐고, 조문은 하셨느냐고 묻지도 따지지도 않았다. 그녀는 급식업체의 지시를 받고 일하고 있을 뿐 유가족과는 일면식도 없는 처지였기 때문이다. 그 여자는 나중에 다가와서 육개장 더 드릴까요, 하고 묻기까지 했다. 그때는 고개를 가로저어 거절의 뜻을 보이라고 했던 노인네의 말이 생각나 단호히 고개를 저었다.

"급식업체 사람들이 내가 가짜라는 것을 알아채면 어떻게 하지요?"

"그게 걱정이냐? 사람들은 가보지도 못한 미래에 대한 걱정에 매달리다 신세를 망치는 경우가 많아. 닭장에 여우가 들어오면 방법은 두 가지야. 여우를 죽이든지 닭장을 옮기든지…… 그거 알아? 닭장에서 나오는 여우는 잡아봤자 소용없어. 이미 늦었거든."

그래서 매번 다른 장례식장을 찾아다니면서 끼니를 해결하기 시작했다. 그러나 그 노숙자 선배가 한 가지 놓친 것이 있었다. 물론 장례식장을 옮겨다니면서 가짜 조문객이란 본색이 들통나지는 않았다. 노숙인 선배의 말대로 닭장을 옮기는 방식이었다. 그러나 장례식장에서 식사를 제공하는 급식업체도 어떤 때는 다른 대형병원으로 가서 음식을 제공하기도 한다는 것을 미처 깨닫지 못했다.

그렇게 장례식장을 떠돌아다닌 지 두 달이 채 못 돼서 복길씨의 본색이 들통난 사건이 발생하고 말았다. 그날도 말쑥하게 차려입고 대학병원 장례식장 식사 자리에 앉아 식사가 제공되기를 기다렸다. 물론 묻지도 않고 따지지도 않고 급식업체에 소속된 여자가 음식 접시가 담긴 쟁반을 들고 와서 식탁 위에 진열했다. 한참 게걸스럽게 섭취를 하고 있는데, 그 여인이 다가와서 허리를 조아리며 나직하게 물었다.

"저 선생님, 소주나 맥주 드실래요?"

"나요? 술 못합니다."

어디서 본 것처럼 얼굴이 낯익긴 하지만 그렇다고 딱히 생각은 떠오르지 않는 여자에게 고개를 단호하게 가로저었다. 그런데 무슨 미련이 남았던지 여자는 다시 채근했다.

"지금은 저녁 시간이잖아요. 사양 마시고 반주로 한잔만 하시죠. 여기 보세요. 무료로 제공되잖아요."

'술은 마시지 말고 식사만 끝내고 발딱 일어서. 술 마시겠다고 엉덩이 붙이고 미적거렸다간 십중팔구 사고 치게 돼 있어. 자네 본색이 들통나면 그땐 건잡을 수 없게 돼. 여러 조문객들이 바라보는 앞에서 따귀 맞고 쫓겨나기 십상이지.'

그렇게 말한 노숙자 선배의 말이 번뜩 떠올랐다. 그런데 문제가 있었다. 어디서 한두 번 만난 듯한 그녀는 말쑥하고 단정했다. 게다가 입가에 엷은 미소까지 흘리면서 진작 그의 곁에서 비켜갈 것 같지가 않았다. 그래도 복길씨는 술은 못한다고 버텼다. 그런데 그 여자의 입에서 흘러나온 다음 말이 그를 놀라게 했다. 순간 눈앞에서 별이 왔다갔다했다. 냉큼 일어서버리라는 노숙자 선배의 말이 다시 뇌리를 스쳐갔으나 이미 때는 늦은 것이었다. 그녀가 말했다.

"선생님 친척이나 지인들 중에는 저승으로 가시는 분이 사흘에 한 번씩은 있는가봐요?"

"아니? 무슨……? 설마 그럴 리가요."

"선생님을 이달 들어서 먼빛으로 벌써 세번째 뵙는 것 같아요.

전 장례식장에서 근무하는 알바 아줌마거든요."

"아, 예. 몰랐네요……"

"저 선생님과 안면 있다니깐요."

"아…… 그래요?"

"모습이 워낙 준수하셔서 눈에 잘 띄지요."

"이것 참……"

"근데 걱정 마세요. 소문 안 낼게요. 개 같은 세상, 살다보면 선생님처럼 그럴 수도 있는 거지요. 선생님이 언젠가 다른 조문객들에게 한말씀하시는 걸 귀동냥으로 들었거든요. 사람 사는 거 다 그렇고 그렇다고. 죽고 나면 한 줌 흙이라고. 애면글면 살아봤자 죽고 나면 그게 그거라고. 그 말씀 지금까지 가슴 사무치게 남아 있어요. 어떻게 그처럼 철학적이세요?"

"미안합니다."

"그러니까 소주라도 한 병 따고 가세요. 마침 문상객들 출입이 뜸하네요. 이렇게 호젓하게 만난 것도 인연 아니겠어요. 밖에는 비도 내리는데…… 우산도 없이 오셨잖아요."

"일어설 참이었는데……"

"조금 전에도 말했지만, 저도 소주회사에서 주는 임금 받고 일하는 일용직이거든요. 하지만 그럭저럭 견뎌나가요. 사람들이 쉴새없이 죽어나가니깐요."

그때, 복길씨도 옳다구나 하고 한마디 거들었다.

"소주회사에서 일당 받는데, 일은 장례식장에서 하네요?"

"그러게요. 세상일이란 게 서로 어떻게 연결되어 있는 것인지 생각할수록 오리무중 아니겠어요. 그런데 또 지나고 보면 그게 그거여서 물거품처럼 아무것도 아니라고 지난번에 철학적으로 말씀하신 거 기억하고 있지요."

그 자리에서 시작된 소주 한잔이 결국은 자리를 옮겨서 그녀와 동행으로 선술집까지 이어졌다. 소주와 맥주에 취한 남녀는 곧장 너나들이가 시작되었고, 걸핏하면 깔깔 웃는 그녀는 복길씨에게 이죽거렸다.

"복길씨 별명을 알아맞힐 수 있겠어요. 개코예요. 개코 맞죠?"

"그거 무슨 소리?"

"여기저기 다니면서 먹고 마시는 길목을 잘 찾는 개코."

"그럴싸하네요."

"오늘 우리집으로 가요, 개코 양반. 우리집에는 그림 그리는 어린 화가 한 사람 살고 있어요. 열두 살짜리 딸인데요. 화가예요."

"열두 살짜리 어린아이인데 화가라니?"

"어린아이라고 화가 아니란 법 있나요? 그림 그리고 있으면 모두 그림쟁이고 화가 아닌가요?"

그렇다는 생각이 들었다. 이 여자의 특징은 세상사의 얽히고 설킨 어려운 일들을 쉽고도 쉽게 해석하고 대처하는 낙천성이었다. 그녀 역시 애꿎은 인생을 꾸려가고 있었으나, 궁색하거나 찌들어 보이지 않았다. 그게 모든 일들이 어렵게만 실타래처럼 꼬이는 자신과 크게 다른 점이어서 마음이 끌렸다.

"다른 가족들은?"

"걔 말고는 저밖에 없어요…… 그래서 말인데 원한다면 선생님 알바 자리도 소개해드릴 수 있어요. 중노동도 아니고 소파에 가만히 앉아 신문 쪼가리나 주워 읽든지 졸면서 시간을 죽이면 수월찮이 수당을 건네주는 알바 자리가 있다는 걸 알고 있거든요."

"설마, 사막이나 다름없는 서울에서 그런 손쉬운 일자리가 있을라구요."

"있다마다요. 사막여우처럼 귀만 밝으면 없는 게 없는 게 서울이란 거 모르세요?"

손쉬운 일자리를 소개해주겠다는 말에 따라나서고 말았다. 그녀는 서울시와 경기도의 경계선에 있었지만 공교롭게도 충청도 땅에 더 가까운 단독주택 월세방에서 열두 살 난 딸과 같이 살고 있었다. 한쪽 다리를 절 뿐 아니라, 심각한 들창코인 그녀의 딸은 열두 살인데도 놀랍게도 학교와는 등을 돌리고 살았다. 복길씨가 이틀 동안 그 집을 드나들면서 그 어린 화가를 먼빛으로 살짝 만날 수는 있었으나 대화를 나눌 기회는 없었다. 좁은 집인데도 좀처럼 마주치지를 않았다. 한순간 눈앞에 모습을 드러냈다간 어느 틈엔가 싹 모습을 감추었다. 그러나 그 아이가 그렸다는 그림은 볼 수 있었다. 그것은 그 아이가 혼자 쓰고 있다는 골방 벽에 붙어 있는 석 장의 그림이었다. 하나같이 삼사십대 남자를 검은색과 붉은색 크레용을 사용해 그린 비대칭 인물화였다. 그 세 가지 남성상은 한두 가지 공통점을 가지고 있었다. 얼굴들이 모두 심각하게 찌그러지거나 주눅이 들거나 뒤틀려 있었다. 그리고 세 사람 모두 안경원숭이처럼 눈이 지나치게 컸다. 탁구공만한 눈이 얼굴 전체를 차지하고 있다시피 했다. 두번째 그림은 입도 유난히 크게 강조되어 있었고, 맨 오른쪽 그림은 머리 양쪽 위에 커다란 뿔이 나 있었다. 그리고 다들 이를 드러내거나 혓바닥을 빼물고 있었다. 세 사람 모두 엉덩이에 꼬리가 그려져 있기도 했다. 그림 전부가 호감을 가질 수 없는 흉측한 모양이었다. 서툰 솜씨 때문이 아니라, 그 사람에 대한 저주와 적개심 때문이란 짐작이 들었다. 아이의 심성 어딘가에 심각한 병증이 있다는 증거였다.

어린 화가와 마주친 것은 그녀의 집을 출입한 지 사흘째 되는 날 아침이었다. 영안실 야간 근무를 마치고 집으로 돌아온 그날 아침, 아이는 콧구멍만한 거실 바닥에 두 다리를 뻗고 퍼질러 앉아 콧구멍을 후비고 있었다. 현관으로 들어서는 복길씨를 아이는 한눈으로 힐끗 곁눈질하다 말고 픽 웃음을 흘리며 이죽거렸다.

"개코라면서요?"

"누가 그래?"

"엄마가 그러데요. 웃기잖아요. 하필이면 사람 코가 개코라니."

"나와 처음 나누는 대화치곤 좀 살벌하네."

"살벌이 뭐예요?"

"따뜻하지 못하다는 뜻이겠지."

"따뜻하면 뭣해요. 아저씨와 나는 서로 다른 족속인데."

"너 많이 삐뚤어졌구나."

"아저씨 탓이 아니니깐 걱정 말아요."

"집에 그림 독학하는 친구가 있다더니, 바로 너였군."

"맞아요. 그 친구가 바로 나예요."

"이럴 때는 저예요, 하는 거야."

"저라고 말하거나 나라고 말하거나 결국 나이긴 마찬가지 아녜요?"

복길씨도 입을 닥치고 별다른 대꾸를 하지 않았다. 크게 놀라지도 않았다. 그때그때마다 놀라기에는 벌써 지쳤기 때문이었다.

"개코란 얘기는 정말 엄마가 그러더냐?"

"엄마 아니면 누구겠어요."

"만난 김에 궁금한 게 있는데 물어봐도 돼?"

"벽에 걸린 그림들 말이죠? 내가 그린 건데요. 엄마하고 사귀던 남자친구들이에요. 지금은 뿔뿔이 헤어진 사이들이지만."

세상에 이럴 수가. 아이의 순발력에 혀를 내두를 정도였다.

"엄마 남자친구들에게 호감을 가진 게 아니더구나."

"아저씨 그림 볼 줄 아네요. 먹물 좀 튀겼던가봐요."

"나한테도 호감이 없지?"

"아저씬 달라요."

"왜?"

"엄마가 옛날에 사귀던 남자친구들은 밤중에 나타나서 엄마 목을 조르다가 아침이 되어서야 집을 나갔지만, 아저씬 아침에 와서 곯아떨어져 자다가 엄마가 일 마치고 돌아오는 시간에는 야간작업하러 나가니깐 내 눈에 거슬린 적이 없거든요. 아저씨 직업이 장례식장 시체실에서 시신 캐비닛 지키는 거라면서요? 그러니까 우리 엄마하고 마주칠 일도 없는 하숙생을 내가 싫어할 일도 없죠. 엄마가 그러는데 우리집 하숙비도 낸다면서요."

열두 살이 맞는다면 영악하기 그지없는 아이란 생각이 들었다. 그렇다 한들 누굴 탓하겠나. 엄마와 아이, 두 사람이 가지고 있는 계산에는 거의 빈틈이 없다는 것에 혀가 내둘릴 뿐이었다. 그녀가 알바 일자리를 복길씨에게 소개한 것에는 낮에 집에 혼자 있어야 하는 아이의 신변을 지켜주는 역할도 계산에 넣었을 것이었다. 뿐만 아니라, 약소하지만 하숙비까지 챙길 수 있다는 점도 염두에 둔 것이었다. 그러나 상관없었다. 세상이란 어차피 악어와 악어새의 관계로 연결되는 것 아닌가. 복길씨는 그 지긋지긋한 노숙자 생활에 종지부를 찍게 해준 그녀에게 감지덕지해야 할 일이었다. 그것은 축복받은 공생관계란 생각도 들었다. 세상에 그게 어딘가 싶었다.

"그런데 학교에 안 가도 학교에서 찾아다니지 않나?"

"그게 걱정이세요?"

"걱정이고말고, 무슨 일이 있어도 학교는 다녀야지……"

"엄마 남자친구가 바뀔 때마다 월세방을 옮겨다니기 때문에 학교에서도 날 찾아내기를 포기했어요. 굳이 숨어 다니지 않아도 되니까 얼마나 홀가분한지 몰라요."

"엄마 남자친구들은 도대체 어떤 사람들이었어?"

"그림 보면 모르세요? 묻지 않아도 될 걸 묻네요."

"그 사람들을 왜 도깨비처럼 그려놨을까. 몹시 못마땅했던 모양이지?"

"엄마한테 돈을 뜯어가는 걸 봤거든요."

"도깨비는 보통 돈을 주고 가는데?"

"엄마 찾아오는 도깨비들은 그 반대예요."

"그래서 그림들이 그렇게 흉측하구나."

4

영안실 캐비닛에는 무연고자를 비롯해서 보통 열 구가 넘는 시신이 보관되어 있었다. 하루에도 쉴새없이 시신들이 들락거렸지만 어떤 시신은 일 년이 넘도록 냉동 상태로 보관되어 있기도 했다. 야간 업무가 끝나면 낮에는 그녀의 집에서 낮잠으로 구멍난 수면을 보충했다. 그토록 무난했던 시간이 육 개월쯤. 그러나 무난한 것도 오래가면 지치는 법이라, 뭔가 정신이 번쩍 드는 일이 일어나지나 않을까 하는 막연한 기대를 가질 때도 있었다. 때때로 유족들이 영안실을 지키는 그를 찾아와 시신을 잘 지켜달라고 돈 봉투를 찔러주고 가기도 했다. 한심한 위인들이란 생각이 들었다. 봉투를 건네주지 않는다 해서 캐비닛 안에 누워 있던 시신을 꺼내어 팔다리를 비틀어놓는 따위의 해코지는 않을 것이기 때문이다. 살아생전 부자로 살았거나 비렁뱅이로 살았거나 캐비닛 공간의 넓이는 모두가 똑같았다. 그래도 수고비 따위를 찔러줘야 직성이 풀리는 것은 그렇게라도 뭔가 위로받고 싶은 마음 때문일 것이었다. 아니면 뇌물 주는 일에 습관이 되어 아무 곳에서나 돈 봉투를 찔러주는 것일 수도 있었다.

그런데 언젠가 도둑이 영안실에 침입하여 시신이 보관된 캐비닛을 차례로 열어보고 금니를 죄다 뽑아가 멀쩡했던 시신을 합죽이로 만들어놓고 자취를 감춰버린 사건이 있었다. 낮에 일어난 도난 사건이어서 복길씨에게 책임이 돌아가진 않았으나 장례식장은 발칵 뒤집히고 말았다. 수사관들이 음산한 시체실을 풀방구리에 생쥐 드나들듯 뻔질나게 드나들며 증거를 수집하고 도난당한 당일의 경비원들을 불러 심문한답시고 발광을 떨었으나 범인의 행방은 오리무중이었다. 시신을 두고 벌어진 사건이라 수사가 지지부진하다고 항의하는 사람들도 없어 결국은 흐지부지되고 말았다. 몇몇 유족이 나타나서 핏대를 곤두세우고 수사가 흐지부지된 것에 항의했으나 수사 당국은 들은 척도 하지 않았다. 오히려 자꾸 옥죄고 들면 유언비어 유포죄로 집어넣겠다고 으름장을 놓아 순식간에 유족들의 말문을 막아버렸다.

그 외에 복길씨의 무료함과 우울감을 달래주는 사건은 좀처럼 일어나지 않았다. 그런데 지성이면 감천이란 말이 있다. 어느 날 복길씨가 은근히 바라던 일이 일어났다. 삼라만상이 잠이 들어 사위가 바닷속처럼 적막한 새벽 두시경이었다. 그도 평소처럼 시체실 한 귀퉁이에 놓여 있던 낡은 철제 의자에 혼자 앉아 졸다 깨다 하고 있었다. 소파 아닌 철제 의자를 비치한 것은 야간 경비원이 앉아서 졸지 않도록 한 조치였으나 잠은 언제나 그런 악조건 속에서 너무나 손쉽게 엄습하는 것이었다. 적어도 복길씨의 경험으로는 그랬다.

그때 시체실 가장 구석진 곳에 있던 캐비닛 하나가 밖으로 밀려나왔다. 그런가 하면 침상 위에 누워 있던 시신 한 구가 온몸을 부르르 떨면서 상반신을 일으켜 자리에 앉았다. 그리고 스스럼없이 상반신을 뒤틀더니 복길씨에게 가까이 오라는 손짓을 했다. 눈언저리는 푹 꺼져 있었으나 두 눈은 안경원숭이처럼 컸다. 이가 빠져서 합죽이가 되었으나 웃음기까지 띠고 있었다. 보통 캐비닛에 들어 있는 시신의 표정은 염사殮師가 화장을 했더라도 싸늘하고 괴기스러웠다. 그런데 복길씨가 보기에 이 시신은 그런 느낌이 들지 않았다. 두상은 삭발을 해서 온전한 대머리였고, 눈썹 자리에는 하얗게 서리가 내려 있었다. 입술은 청동색이었고 깡마르고 각진 얼굴이었다. 허리는 활처럼 앞쪽으로 휘어져 있었다.

복길씨는 그의 손짓에 홀린 듯 전혀 거부감을 느끼지 않고 순순히 캐비닛 쪽으로 다가갔다. 찬 공기가 획 얼굴을 스치고 지났으나 그런가보다 했다. 냉동 상태로 보관되고 있는 무연고 시신이 틀림없었다. 입원 환자가 숨을 거둘 경우 시신을 거두어갈 가족이 있으면 곧 화장을 하기 때문에 저온 상태로 보관되지만 시신을 거두어갈 연고자가 없으면 일 년이든 이 년이든 시체실에서 냉동 상태로 보관된다는 것을 귀동냥으로 들어 알고 있었다. 그가 다행으로 생각한 것은 그 냉동 시신이 캐비닛 아래로 내려올 채비는 않고, 상반신을 일으킨 채 그대로 앉아만 있다는 것이었다. 철제 침상 아래로 내려올 참이라면 체면상 부축을 해줘야 하기 때문이었다. 복길씨는 어릴 적부터 몸에 와닿는 것 중에 싸늘한 것이 싫었다. 때문에 그는 찬물도 마시지 않았다. 그런 상태의 시신이 통성명도 없이 다짜고짜 그에게 말을 건넸다. 게다가 첫마디부터 무례하고 도발적이었다.

"당신 누구야?"

죽어 있는 시신이 살아 있는 생물을 보고 당신 누구냐니? 은근히 화가 치밀었으나 참기로 했다. 어차피 죽은 사람 아닌가.

"저는 영안실 야간 경비원입니다."

"여기가 영안실인가, 시체실인가?"

"여기 들어올 때, 문에 있는 간판 못 봤습니까?"

"언제부터 여기서 알바 했나?"

알바라니, 이 작자가 도깨비인지 좀비인지 도무지 짐작이 가지 않았으나 알바까지 알아맞히는 것은 귀신이 곡할 노릇이었다. 그래서 물었다.

"알바인지 정규직인지 어떻게 알았습니까?"

"너도 나처럼 잘 먹지 못해서 비쩍 말랐잖아."

"그렇게 말하시면 기분 나빠요."

"비쩍 말랐다니 기분 나쁜가?"

"뭐 그런 건 아니지만, 이제 보니, 초면에 사뭇 반말입니까?"

그는 복길씨의 투정 섞인 질문에는 전혀 아랑곳 않고 다시 물었다.

"너 시체실 근무한 지 며칠짼가?"

"얼추 육 개월 됐지요."

시신은 그제야 자기를 소개하기 시작했다.

"난 시체실에 들어와 하릴없이 누워 지낸 지 벌써 이 년째야. 시체실 경력으로 두고 말하면 넌 새까만 후배 아닌가. 새까만 후배에게 예예 하고 조아리는 선배 본 적 있나? 봤으면 봤다고 말해봐."

"이 년 되었으면 미라가 된 지 오래겠네요."

"미라는 옛날 일이고, 지금은 유령이 되었지."

"좀비는 아니구요?"

"미라면 어떻고 좀비면 어떤가. 그게 너 같은 후배하고 무슨 상관이야."

"무섭게 왜 자꾸 그러세요."

그때, 영안실 선배가 전혀 예상할 수 없었던 한마디를 툭 던졌다. 몽둥이로 옆구리를 쿡 찌르듯이 기습적인 질문이었다.

"너 요즘 황금자 집에서 살고 있지?"

그 순간 복길씨는 가슴속에서 쿵 하는 소리가 나도록 놀랐다. 세상에 그런 난리가 없었다. 시신 보관소에 이 년 동안이나 갇혀 있었다는 유령 주제에 살아 있는 인생의 사생활까지 꿰뚫어보다니. 그러나 그도 순간적으로 시치미 잡아떼는 순발력은 있었다. 입술에 침도 안 바르고 되물었다.

"기가 차네요, 기가 차. 황금자가 누군데요?"

그 순간 시신의 입에서 막말이 튀어나왔다.

"이놈 봐라? 너 노숙자 생활하는 거 보기 딱해서 집에 불러들여 재워주고 밥 먹여주는 은인의 이름도 안 물어봤나?"

"하물며 여자 얘기네요. 나 그런 여자 모릅니다."

"이 녀석 봐라, 귀신을 속이려 드네?"

그제야 정신이 번쩍 들었다. 그래선 안 되겠다 싶었다. 그러나 빠져나갈 구멍이라도 있을까 해서 둘러댔다.

"변두리에 살고 있는 그 여자 말입니까?"

"그래, 변두리 동네 여자. 너 그 여자하고 어떤 관계야?"

"관계는 무슨 관계요. 오다가다 마주쳐서 알고 지내는 사이죠."

"남녀 관계란 민숭민숭하게 알고 지내는 사이라는 게 성립되지 않아. 뭔가 숨기고 싶은 내막이 있기 마련이지."

"그냥, 악어와 악어새의 관계라 할까요."

"이 녀석 봐, 악어 새끼까지 들먹이네? 딴청 피우지 말고 이실직고해. 너 황금자하고 몇 번 잤나?"

"두 번요."

"두 번이라고? 이 녀석이 거짓말을 참말처럼 술술 부네?"

"두 번 맞아요. 맹세해요."

"그 여자 성폭행했지?"

"폭행요? 저 그런 거 모릅니다."

"모르긴 뭘 몰라. 그 여자가 호락호락하게 옷 벗을 사람이 아닐 텐데?"

"오히려 그 여자가 날 유혹해서 집으로 데려갔어요."

"비겁한 놈, 둘러대는 것 봐. 가자고 꼬드긴 계집이나 좋아라 하고 휘적휘적 따라간 사내자식이나 한통속이긴 매한가지가 아닌가. 말을 못하면 떡이나 주지."

"그러지 않아도 매일 장례식장에서 주는 떡만 먹습니다."

"황금자하고 외도한 것 시골집에 있는 네 아내도 잘 알고 있겠지?"

그 순간 복길씨는 뒤로 나자빠질 뻔했다. 너무나 놀라서 말문이 막히고 말았다. 그는 뛰는 가슴을 가까스로 진정시키고 나직하게 말했다.

"솔직히 말해서 시골에 있는 아내에겐 비밀로 하고 있습니다."

"내가 가서 알려줄까? 난 유령이니까 지금 출발하면 그깟 시골집쯤은 아무리 멀어도 오 분 안에 도착할 수 있어."

"선배님 제발 그 캐비닛에서 내려오시면 안 됩니다. 신발도 없이 어떻게 그 먼길을 간다는 것입니까. 게다가 선배님이 이 캐비닛에서 자취를 감추면 저는 오늘 당장 밥통이 날아갑니다. 제발 고정하시고 그대로 앉아 계십시오. 제가 선배님 묻는 대로 솔직하게 털어놓고 있지 않습니까."

"이 녀석 봐라? 유령이 신발 신고 설치는 꼴 본 일이 있나?"

"옷갓마을 가자면 한길에서 내려 찌그러진 섶다리를 건너가야 하는데, 옛날이나 지금이나 그 섶다리를 선배님처럼 하나뿐인 다리로 겅중겅중 건너는 사람은 본 적이 없어요."

"내가 다리 하나뿐인 유령이란 것은 어떻게 알아챘나?"

"진작 훔쳐보았죠."

"난 날아갈 수도 있어. 유령 된 이후로 신발 신고 외출한 적이 없어. 시체실에서 지내는 이 년 동안 변두리 동네 집에도 한 달에 한 번씩은 신발 없이 다녀왔다네."

"그럼 제가 거기 있는 것도 본 적 있었겠네요?"

"있다마다. 그래서 네가 황금자하고 두 번 잤다는 말이 거짓말이라는 것도 알고 있다구."

"선배님 죄송합니다. 속일 생각은 없었어요."

"이런 뻔뻔스러운 녀석이 있나. 속일 생각 없었다면서 두 번만 잤다고 거짓말했나?"

"선배님이 변두리 동네 집을 그렇게 뻔질나게 드나든 줄은 꿈에도 몰랐거든요."

"너 오래 살려거든 그 집에 드나들지 마라. 내 말 안 들으면 허파가 터지도록 패줄 거야. 네가 지금은 철없는 계집들 도움으로 근근이 먹고살고 있다지만, 시체실 선배까지 욕보일 생각은 꿈도 꾸지 마. 너 주제넘게 굴다가 비명횡사한다."

"죽은 사람이 산 사람 잡아먹겠네요."

"진작부터 죽은 사람이 산 사람 잡아먹는 세상 된 거 아직 몰라?"

"조심하겠습니다."

"너 몇 살이냐?"

"선배님하고 비슷한 사십대요."

"고향이 어디라고 했지?"

"옷갓마을요."

"내가 많이 놀랐다. 옷갓마을에 너 같은 패륜아도 살고 있었나? 그 마을에는 예와 효를 엄중하게 여기는 순박한 사람들만 똘똘 뭉쳐 살고 있다는 소문을 들었는데, 어째서 너 같은 망나니가 바퀴벌레처럼 끼어들어 살고 있었나? 거기가 진짜 고향 맞나?"

"옷갓마을 맞습니다. 제가 영안실 선배님 앞에서 고향까지 속이겠습니까."

"이 녀석 봐라, 계속 거짓말을 하네. 나한테 허파가 터지도록 맞아볼래?"

"피골이 상접하고 뼈만 남아서 일어서기조차 힘들 것 같은데 저를 구타할 기력이 남아 있겠어요?"

"장의사에서 알바하는 늙은이들이 내 손발을 야무지게 결박해서 구타는 힘들겠지만, 널 뼈도 남기지 않고 들이마실 수는 있어."

"선배님 입은 어째서 합죽이가 되었어요?"

"장의사에서 알바하는 녀석들이 날 염습할 적에 몰래 금니 다섯 개를 몽땅 빼서 주머니에 넣더군."

"눈알은 안 빼갔던 모양이지요?"

"썩은 눈알 빼가서 얻다 쓰겠나."

"세상 말세네요. 그런 행패를 부리다니, 썩은 이가 몇 푼이나 된다고……"

"너나 그런 짓 하지 말아. 네 고향이 옷갓마을이라고 했지?"

"예. 그런데 입장 곤란하게 왜 자꾸 고향을 되묻습니까."

"네 늙으신 아비가 지금 오랜 지병으로 언제 명줄이 떨어질까 시각을 다투고 있는데도 고향으로 내려가지도 않고 대학병원 시체실에서 야간 숙직이나 하면서 노닥거리고 있냐? 배은망덕한 놈."

"저의 아버지가 지병으로 고생하고 있는 것은 어떻게 아십니까?"

"고려시대부터 오늘날까지 귀신이 모르는 세상이 있더냐?"

문득 격렬하게 불어대는 모래바람 소리에 귀가 찢어질 것 같아 화들짝 깨어보니, 영안실 철제 의자 모서리에 코를 박은 채 잠들어 있었다. 눈을 비비고 정신을 차렸다. 마시다 남긴 물병을 들어 목을 축였다. 밖으로 밀려났던 시신 캐비닛을 다시 살펴보았다. 처음처럼 굳게 닫혀 있었다. 꿈이었는지 환상이었는지 몽롱할 뿐이었다. 희미한 전등이 켜진 천장을 쳐다보며 정신을 가다듬었다. 그제야 영안실 선배라고 으스대던 사람이 황금자 딸아이가 그린 그림에서 본 사람이란 기억이 뒤통수를 획 스치고 지나갔다. 맨 왼쪽에 걸린 안경원숭이를 닮은 그림이 바로 그였다. 그제야 등골이 오싹했다. 걸음아 날 살려라 하고 허둥지둥 영안실 밖으로 뛰쳐나왔다. 문밖에 버려진 각목에 발부리가 걸려 시멘트 바닥에 이마를 찧어 피가 철철 흘렀다. 장례식장 밖으로 나와 줄담배를 피우고 있던 젊은 조문객들이 우르르 달려와 이마에 흐르는 피를 수습해주었다. 그들은 장례식장에도 테러분자들이 난립했다고 중구난방으로 떠들어댔다. 가까스로 정신을 차린 그는 객지 생활 팔 년 가까이 고개조차 돌리지 않았던 옷갓마을 집으로 전화를 걸었다.

오 년 동안이나 병석에 누워서 자신의 손으로 뒤를 닦아낸 시아버지 병수발과 치매기가 있는 시어머니 봉양에 파김치처럼 지쳐 있던 아내는 흡사 남의 일처럼 건조한 목소리로 남편의 전화를 받았다. 반색하는 기색이라곤 조금도 없었다. 말투가 남남 간인 것처럼 행세했으므로 전화 건 사람이 무안할 정도였다. 옛날의 정숙했던 시골뜨기 여편네가 아니란 생각에 열불이 올랐으나 우선 참았다. 그런 가운데서도 아내는 아버지 관갑출씨가 바로 지난 새벽에 숨을 거두었다는 말은 잊지 않았다.

"아버님이 오늘 새벽에 운명하셨습니다."

"그게 정말이야?"

"왜 말끝마다 정말이냐고 묻습니까? 아버님 소천하신 일을 두고 헛소리를 할까요."

복길씨는 그제야 옷갓마을로 내려갈 채비를 서둘렀다. 신발 외에 챙길 것도 없었다. 이토록 단출하게 살았는지 스스로 놀랐다. 그냥 버스 터미널로 가서 옷갓마을 쪽으로 떠나는 버스에 올랐다.

복길씨는 아버지 갑출씨의 장례를 치르고 난 뒤 옷갓마을에 그대로 눌러살기로 작정하였다. 다시 상경해보았자 이렇다 할 일자리를 얻을 수 있다는 보장이 없었기 때문이다. 서울에서의 고단하기 짝이 없던 생활을 알 턱이 없는 관씨 문중 사람들은 복길씨가 귀촌을 작정한 것부터 탁월한 선택이라고 칭송이 자자했다.

그는 훤칠한 허우대에 거침없는 달변으로 마을에서 일어난 어떤 일에든 앞장서도 어색하지 않았다. 말수 적고 어눌하기 짝이 없는 사촌형 대규씨를 모든 면에서 압도했다. 그는 사람들과 대면할 때는 발부리 끝이 땅의 중심과 마주 닿은 듯 꼿꼿한 부동자세를 유지해서 헛발질은 용납하지 않겠다는 결의를 보여주었다. 언제나 또렷한 눈으로 상대방을 정면에서 바라보며 대화를 나누어 상대로 하여금 처음부터 기가 질리게 만들었다. 그러나 사촌형인 대규씨를 감싸고 두둔하는 일에는 희생적이었다. 그것을 알고 있는 대규씨 역시 복길씨 말이라면 콩 삶는 솥에서 팥이 익는다 해도 그런가보다 했다. 그는 적어도 사흘에 한 번씩은 대규씨를 찾아와 마을에서 일어나는 시시콜콜한 일들을 상의하고 처리해나갔다. 대규씨가 장손일뿐더러 마을 번영회의 회장이었기 때문이다. 상의한다고 했지만 대부분 그의 일방적 주장에 대규씨가 따르는 것이었다. 대규씨가 할 수 있는 말은 "그렇게 하는 게 좋겠군" 하는 것이었다. 그리고 복길씨는 다짐을 두었다. "이거 틀림없는 겁니다, 형님." 그렇게 얘기하고 쐐기를 박으면 대규씨는 똑바로 바라보며 찍어누르는 듯한 그의 가파른 눈길에 질려 그렇다고 대답해버렸다. 언제나 뜨뜻미지근한 대규씨의 태도에 비하면 복길씨의 응대는 기적처럼 빛났다. 그것은 일찍이 영안실에 살고 있던 유령 선배와의 대결에서도 조금도 밀려나지 않고 강단을 키워온 경력의 소유자였기 때문이다.

5

대규씨는 젊은 시절부터 열정이 이끄는 곳으로 나간다면 성공할 것이란 케케묵은 논리와는 인연이 없었다. 누구나 열심히 하면 잘살 수 있다는 이야기는 남들이 뒷짐지고 놀고 있어야 가능한 일이라고 생각했다. 골칫거리와 마주하게 되거나 고난이 기다리고 있을 뿐이라고 그는 생각했다. 넓은 세상에는 반드시 배신과 환멸이 존재한다. 그것을 겪게 되면 깊은 슬픔이 올 것이고, 그 슬픔과 고통이 폐에 충격을 주어 필경 폐암에 이른다고 그는 생각하고 있었다.

때로는 그런 생각에 반신반의하기도 했으나, 도회지 생활을 깨끗이 청산하고 고향으로 돌아와 정착한 사촌 복길씨를 보니 자신의 결정에 자신감이 생겼다. 사람들은 그를 보고 틀에 갇혀 있는 사람이라고 말했다. 그래서 낭만이 없고 꼬질꼬질하다고 빈정거리지만, 그는 들은 척도 하지 않았다. 자신의 가치를 정하는 사람은 자기 자신밖에 없다고 굳게 믿었다. 그랬던 그가 흔들리는 일이 생겨났다.

복길씨가 마을로 돌아오고 며칠 지난 뒤였다. 복길씨가 장손인 대규씨를 찾아와서 사흘 동안 답사 여행을 다녀오자는 제안을 해왔다. 물론 대규씨는 멀뚱멀뚱 먼산만 바라보았다. 복길씨 말이라면 호미를 들고 와서 하늘의 별을 따러 가자고 해도 그런가 보다 하겠지만, 여행 가자는 제안에는 선뜻 내키지 않았다. 그것이 문중의 일이고, 마을 번영회에서 결정한 일이라 할지라도 나서고 싶지 않았다. 속세를 떠나진 못했지만 처사적인 삶을 살아가는 시골 선비의 소탈하고 기품 있는 면목을 유지하고자 노력하고 있는 그에겐 차리고 나서는 여행이란 사치였다.

그는 별다른 곡절을 겪지 않고 나이가 들어간다는 것을 다행으로 생각하고 있었다. 청년시절의 흥분과 격정은 어느덧 흐릿하게 가라앉아 그런 시절이 있었던가 싶었다. 젊은 시절의 안타까움조차 이젠 무뎌지고 오직 무기력과 잔기침만 남은 지금, 여행이란 귀찮은 일거리일 뿐이었다. 남이 하는 일에 순종하는 것에 익숙해져 있었기 때문에 실험하고 시도하는 일엔 관심이 없었다. 그러나 복길씨는 시큰둥한 대규씨를 끈질기게 옥죄고 들었다.

"형님, 집에 들어앉아 그 꼴같잖은 서책만 뒤적거린다고 넓은 세상이 다 보인답디까?"

"모든 책에는 온 세상이 통째로 들어 있어. 아우도 도회지에 나가 있던 청년시절에는 책과 씨름하면서 살았다며?"

"설한풍 쐬고 다니면서 갈 길을 찾아 헤매고 다닐 적에 책에 길이 있다고 생각했던 적도 있었지요. 네온사인이 미친놈처럼 번쩍거리는 거리를 맨몸으로 뒹굴면서 살다가 어느 날 정신 차리고 밤하늘을 쳐다보았더니, 허공에 둥근 달만 허망하게 떠 있습디다. 무슨 얘긴지 아십니까, 형님? 노숙 생활이 내게 가르쳐준 것은 종이 박스 덮고 자면 최소한 얼어죽진 않는다는 것뿐이었어요. 개털 인생일 뿐인 그때의 과거가 잠 못 이루는 밤에 나를 찾아와 내 엉덩이를 송곳으로 찌를 적에는 지금도 눈물이 쏙 빠져요."

그처럼 사연이 곡진했던 객지 생활 끝에 옷갓마을로 돌아와 다시 태어난 복길씨의 정체는 그러나 오리무중이었다. 속내에 무엇이 숨어 있는지 짐작조차 할 수 없는 사람이 되어 있었다. 나 그런 사람 아니라고 시퍼런 표정으로 강변하는 사람도 속내를 알고 보면 대개 그런 사람이듯, 그가 자신조차 깨닫지 못하는 거짓말을 하고 있지만, 옷갓마을 사람들은 그게 거짓말인지 아닌지 당장 알아맞히기 힘들기 때문에 대다수는 그가 친 덫에 걸려들었다. 대규씨도 마찬가지였다.

"과장이 심하군."

"과장이라니요, 형님. 어불성설입니다. 집구석에 앉아 인생이 아무런 불상사도 겪지 않고 지나가기를 기다리는 것이 형님의 인생관인 것은 알고 있습니다. 그러나 빗방울이 부딪치는 어둑한 창가를 바라보며 졸고 앉았다가 날벼락 맞아 죽은 사람도 있습니다. 우리 마을에 실제로 그런 사람이 있었지 않습니까."

"날벼락이구 뒷벼락이구 어쨌든 나는 못 가네. 자네들이나 다녀오시게."

"우리끼리 가면 아무런 의미가 없는 여행입니다. 장손을 모시겠다고 작정한 일인데 빠지겠다면 계획 자체를 없던 일로 해야지요. 푸른 창을 통해선 푸른 세상만 보이고 붉은 창을 통해선 붉은 세상만 보인다는 말은 세상의 진리가 아닙니까. 집에 가만히 앉아 손가락만 빨고 있으면 갈증 나서 배에서 꼬르륵 소리만 날 뿐이지요. 사람은 나이를 먹기 때문에 늙는 것이 아닙니다. 놀고 여행하는 것을 멈추기 때문에 늙는 것이지요. 이런 말도 있지 않습니까. 먹고 여행하고 사랑하는 게 인생이라고. 책 몇 권 읽었다고 인생을 통달한 것처럼 행세하시겠어요? 책이 사람을 만든다는 말 모두 개소리에 불과해요. 책대로 살다가 큰코다치는 사람들 형님도 누구누구란 걸 잘 알지 않습니까. 그 사람들처럼 형님도 돌아가실 때까지 얼간이란 핀잔 들으면서 사시렵니까."

"얼간이로 취급받아도 난 조금도 섭섭하지 않네. 그러지 말고 다녀들 오게."

"책이 인생을 만드는 게 아닙니다. 여행이 인생을 만든다는 것을 아셔야지요. 세계적으로 유명한 예술가들이나 작가들은 모두 여행에서 태어나고 여행에서 성공했어요. 왠지 아십니까? 스토리 있는 인생을 살기 때문입니다. 형님 인생에는 치명적인 결함이 있는데, 그게 뭔지 아십니까? 그게 바로 스토리 없는 인생을 살고 있다는 것이지요. 집에 들어앉아 손가락만 빨고 있으면 인생 스토리는 멀리로 도망치고 없다는 것입니다. 그 철학은 유구한 역사가 흘러가도 절대로 바뀌지 않습니다. 먼저 달려온 승냥이가 살찐 닭은 차지한다는 말은 들으셨지요?"

"아우님도 알다시피 난 스토리 있는 인생 일찌감치 단념한 사람이니까 자네들끼리 다녀오게."

"형님 그거 아세요? 아까도 말했지만 인생을 활기 넘치게 하는 리듬을 얻자면 여행이 유일한 묘약이란 거?"

"아우님 얘기 듣고 있자니, 내 어릴 적에 우리집에서 식객 노릇 하면서 돌아가신 아버님을 조롱하고 바보로 만들던 허풍쟁이 지관이 생각나는군."

"지관인지 풍수쟁이인지 그런 사람 난 모릅니다. 제가 말씀드린 생활의 리듬이란 말이 뭔지 생각해보세요."

"난 리듬이 뭔지 몰라도 지금까지 별 탈 없이 지내왔네."

"그러니까 형님 인생이 무미건조한 것 아닙니까. 때로는 고비사막이나 사하라사막 한가운데 누워서 밤하늘의 판타지도 경험해볼 필요가 있어요."

"판타지인지 판잣집인지 난 그런 거 모르네."

"형님 그러지 마세요. 판타지하고 판잣집하고는 근본부터 다른 겁니다. 책 읽었다고 자처하는 분이 그런 말 하면 안 되지요."

"난 사막 같은 거 싫어."

"싫다구요? 가보지도 않았잖아요."

"책에서 봤어."

가지 않겠다고 버티는 대규씨를 겨 묻은 개 나무라듯 거칠고 험악한 언어로 험담을 늘어놓으며 두 눈을 치뜨고 보는데도 그는 분개하는 법이 없이 시선을 내리깔고 앉아 있기만 했다. 그런데 그가 계속해서 못 가겠다고 버티지 못한 결정적 동기가 있었다. 거실과 안방을 오가며 두 사람의 대화를 토막토막 엿듣고 있던 장여사가 끼어들어 복길씨를 거들었다. 장여사로선 하루 삼시 세끼 꼬박꼬박 찾아 먹는 남편에게서 단 하루라도 벗어나고 싶은 심정이었다. 하찮은 일 같겠지만 겪어온 당사자로선 그처럼 절박한 것도 없었다.

두말할 것도 없이 꼴도 보기 싫었다. 사흘이 아니라, 이틀이라도 하찮은 남자의 꼬락서니를 보지 않고 살았으면 싶었다. 그녀는 거실 소파에 나란히 앉아 겨루고 있는 두 남자 사이에 끼어 앉으면서 말했다.

"문중 사람들이 장손을 위해서 마련한 여행이라면 싫어도 간다고 말해야지, 어떻게 그토록 찔통을 부리나. 벌써 몇 시간째 밀고 당기고 있는 줄 알아? 두 시간째야."

"두 시간 아니라, 세 시간째라도 당신이 끼어들 일이 아니야."

"이 집이 누구 집인데? 내가 끼어들 일이 아니라면 누가 끼어들겠어? 들어보니까 하도 답답해서 거들었어. 내가 뭐 잘못됐어? 사족이랍시고 방구석에 들어앉아 방귀나 풀썩풀썩 뀌면서 살아간다고 해서 누가 알아주기나 하나."

"잘못된 건 아니지만……"

"그럼 사촌이 가자고 권유할 때 냉큼 다녀와. 그 튼실한 팔다리 뒀다 어디다 써먹으려고 똥고집을 피우나. 빗자루로 쓸어내기 전에 다녀와."

그때, 대규씨 입에서 힘없는 한마디가 조용히 흘러나왔다.

"쓰레기 취급 받기 전에 다녀와야겠군."

"새로 지은 두루마기 다려줄 테니 그 꼴같잖은 의관 갖추고 냉큼 다녀오라구."

사촌 아우인 개코가 찾아와 설득과 회유를 거듭해도 확답을 받아내지 못한 여행을 장여사의 몇 마디로 깨끗이 해결한 셈이었다. 그 사흘 뒤에 중형 버스 한 대가 옷갓마을 건너 한길가에 와서 멈추었다. 대규씨가 가겠다고 작정한 다음날 복길씨가 주선한 이동수단이었다. 그날은 새벽부터 장여사가 나서서 분주하게 떠벌리고 다녔다. 외출이라 해보았자 사십 리 이웃에 있는 읍내의 치과에서 치료를 받는 둥 마는 둥 했을 뿐인 당사자가 대규씨였다. 그나마도 쏜살같이 다녀와 꼴에 의처증이 있다는 의심을 받는 남편이 사흘이라는 기간 동안 여행을 다녀온다는 해방감 때문에 누구보다 장여사가 들떠 있었다. 그녀는 며칠 전부터 심술궂은 수탉처럼 온 동네를 홰치고 다니면서 남편이 강원도 쪽으로 단풍여행을 떠나게 되었다고 소리치고 다녔다.

버스가 출발하던 날, 대규씨는 언제나 그러했듯이 한복을 아담하게 차려입고 두루마기 차림으로 버스에 올랐다. 갓은 불편해서 집에 두고 중절모를 썼다. 물론 다른 문중 사람들도 한복에 두루마기 차림이었다. 복길씨는 버스에 오르면서 선대가 가르쳐준 주문을 마음속으로 읊조렸다.

"해가 있을 때는 의관을 정제하여 몸가짐을 흩트리지 아니하고 찬물로 세수하며 말은 간결하고 곧고 엄중하게 절제해서 체통과 풍모를 유지해야 한다. 주군을 바르게 보필하여 충성을 다하면 가문에 크나큰 광명이 내릴 것이고 끌어안으면 크게 번성할 것이고 내치거나 소홀히 하면 화를 자초하여 파멸이 기다릴 것이다."

버스에 오른 일행은 운전기사를 포함해 모두 열세 사람이었다. 물론 관씨 문중 사람 일색이었다. 일행 모두가 대규씨보다 젊거나 항렬이 낮았다. 그래서 대규씨를 깍듯이 모셨다. 그들 중에 두루마기를 입지 않은 사람은 두 사람뿐이었는데, 운전기사와 마을의 이장인 김영세였다. 이상하게 이장 행세하는 김영세 홀로 한복 차림을 게을리했다. 그는 마을의 관씨들과는 같은 성씨가 아닐 뿐 아니라 이틀에 한 번 정도를 헤아릴 만큼 읍내 출입이 빈

번했고 마을 일을 주선하는 일에도 워낙 바쁜 사람이어서 한복 차림이 벗고 입기를 반복하기가 번거롭고 거치적거린다는 이유로 아예 간편 차림으로 지냈다. 같은 관씨 문중이 아니기 때문에 탓하는 사람도 없었다.

버스 기사는 그날 도착하는 목적지만 알고 있을 뿐 이들이 관광버스를 대절한 진짜 목적이 무엇인지 알지 못했다. 사흘 동안 강원도로 바람 쐬러 간다는 정도만 알고 있을 뿐이었다. 대절료만 받으면 그만이지 그들의 깊은 속내까지 따지고 든다는 것도 싱거운 일이었다. 다만 요즘 세상에 그들이 보여주는 차림새가 기이할 뿐이었다. 옷갓마을 아닌 사람들이 그 버스를 보면 장례차로 착각하거나 아니면 민속경연대회에 참석하는 일행인 줄 알 만했다.

버스의 분위기도 다른 관광버스나 나들이 가는 버스와는 사뭇 달랐다. 보통은 출발하자마자 지랄발광을 벌이기 십상이었다. 방방 뛰고, 트로트를 부르고, 어깨너머로 소주병과 쥐포와 오징어포가 헤엄치듯 날아다니고, 두 다리를 꼬아가며 복도를 비틀거리며 지나다니는 북새통을 이루기 십상이었다. 그런데 옷갓마을 사람들은 전혀 떠들지 않았다.

기도하는 교회처럼 지정된 좌석에서 구린 입도 떼지 않고 적막하게 앉아 있었다. 버스가 출발한 지 두 시간이 되었는데도 버스 안의 일행 중 어느 누구도 어떤 대화도 나누지 않았다. 사막에서 끄집어낸 미라들의 여행 같았다.

차창 밖으로 바람소리만 쌔쌔거리고 버스의 바퀴가 아스팔트를 할퀴는 앙칼진 마찰음만 창밖을 가득 채웠다. 그리고 운전하는 기사와 복길씨를 제외하고는 누구 할 것 없이 바닷속 같은 깊은 잠으로 빠져들었다. 코를 고는 사람도 있었고, 잠꼬대까지 하는 사람도 있었다. 호흡 곤란의 수준을 넘어서 그냥 두면 숨을 거두지나 않을까 싶을 정도로 무호흡증에 빠져들어 깔딱깔딱하다가 간신히 숨을 되돌리는 사람도 있었다.

어떤 사람은 목이 부러지나 싶도록 고개를 앞뒤로 주억거리며 졸다가 개한테 엉덩이라도 물린 사람처럼 느닷없이 시뻘건 눈을 뜨고 주위를 뚜릿뚜릿 살피더니 열없는 표정으로 입가에 묻은 침을 손바닥으로 닦기도 했다. 차창에 머리를 부딪쳐 화들짝 잠에서 깨어나는가 하면 그것도 잠이라고 꿈을 꾸는지 졸면서 해죽해죽 웃는 축도 있었다.

그런 모습들에서 버스가 떠나가도록 뛰고 웃고 떠들고 난장판을 벌이는 것보다 오히려 훨씬 더 진솔한 꼴불견을 구경할 수 있었다. 서로 앞뒤 집에 돌담 하나를 사이에 두고 살아서 뱃속까지 꿰뚫고 있는 사람들이지만, 평소에는 보지 못했던 괴물 같은 모습들을 버스 안에서 연출하고 있는 셈이었다. 그래서 운전기사는 웃음을 참을 수 없었다.

운전기사는 그렇게 한눈을 팔면서도 운전 솜씨가 매우 얌전해서 버스가 낭떠러지로 굴러떨어지는 법은 없었다.

그와 같이 깨어 있지만 복길씨는 웃지 않았다. 한심한 모습들이라고 생각했기 때문이다. 운전기사 바로 등뒤 좌석에 자리하고 앉은 대규씨 역시 버스가 출발한 지 얼마 지나지 않아 깊은 잠 속으로 빠져들었다. 운전기사는 그에게 힐끗힐끗 눈길을 주었다. 이 버스 안의 대표자 격인 그가 어떤 행동을 보일지 궁금했기 때문이다. 대규씨는 버스가 출발하는 즉시 잠으로 빠져들어 휴게소에 도착할 때까지 두 시간 동안 단 한 번도 잠에서 깨어난 적이 없었다. 그렇다면 필시 잠꼬대는 고사하고라도 이상한 잠투정을 보여주어야 했다. 그런데 그 기대가 완전히 빗나가고 말았다. 출발할 당시 그는 두 팔을 가볍게 가슴 위에 올리고 두 손을 양쪽 겨드랑이에 낀 채 반듯하게 앉았다. 그리고 고개를 약간 앞으로 숙인 채 잠들었다. 신기한 것은 두 시간 동안 그 자세를 단 한 번도 흩트리지 않고 그대로 유지하고 있었다는 것이었다.

그는 부동자세 잠의 달인처럼 행세했다. 운전기사는 운전을 건성으로 하며 사뭇 그에게 시선이 꽂혀 있다시피 했으나 자세가 흩트러지는 순간을 포착하지 못한 채 휴게소에 도착하고 말았다. 그동안 요철이 심하거나 파인 곳도 없지 않아서 버스는 심하게 덜컹거리기도 했고, 급정거나 정지선에 걸려 뛰뛰듯 한 적도 있었다. 그런데도 그의 잠자기 자세는 처음에서 조금도 벗어난 적이 없었다. 그대로 요지부동이었다. 그런데 운전기사가 휴게소에

도착했다는 방송을 하자 그가 입가에 가벼운 웃음까지 살짝 지으며 아주 조용하게 잠에서 깨어나 고개를 들었다.

삼십 년 모범 운전사인 그도 이런 괴물은 처음 경험했다. 마술사가 따로 없었다. 버스에서는 출발한 지 두 시간 만에 처음으로 말소리가 들렸는데, 그것은 "휴게소에서 십 분간 쉬어 가겠습니다" 하는 운전기사의 안내 방송이었다. 버스에서 일행이 하차하자 주위에 있던 다른 버스의 승객들이 옷갓마을 사람들에게 흘깃흘깃 시선을 주었으나 그들은 전혀 개의치 않고 똑같이 주문한 우동 한 그릇씩을 비우고 지정한 시간에 다시 버스에 올랐다.

버스는 세 시간 정도 가다 서다를 반복한 끝에 설악산 언저리 산모퉁이에 숨어 있는 어떤 모텔 앞에 멈춰 섰다. 출발이 늦기도 했지만, 벌써 해거름녘이었다. 그곳은 양지바른 산, 그 다소곳한 품안에 요즘 세상에선 보기 드물게 도란도란 초가가 모여 작은 마을을 이루었는데, 그 마을 초입에 중뿔난 사층짜리 모텔이 마을의 주인이 자기란 듯이 삐죽하게 들어앉아 있었다. 이름조차 '여왕벌 모텔'이었다. 성급한 여왕벌의 네온사인이 넉살 좋게 번쩍거리며 그들 일행을 맞이했다. 버스에서 내리자마자 몇 사람은 모텔로 들어가지도 않고 팔짱을 낀 채 서서 번쩍거리는 여왕벌의 네온사인을 감상했다.

먼저 들어갔던 이장 김영세가 현관 밖으로 얼굴을 내밀었다. 그는 뭔가 분위기가 어색해서 밖에서 궁싯거리고 있는 일행을 손짓으로 채근했다. 밖에 있던 사람들은 번쩍거리는 여왕벌을 지붕 위에 두고 모텔 안으로 빨려들어갔다. 객실에는 어느새 저녁 교자상이 준비되어 있었고, 버스에선 눈을 씻고 보아도 보이지 않았던 소주병도 규모 있게 진열되어 있었다. 상 맨 위쪽 머리에는 벌써 대규씨가 두루마기 차림으로 조그맣게 앉아 있었다. 네 시간 정도를 달려 강원도 인근 숙소에서 바라보는 장손의 얼굴은 신선해 보였다. 식사 예절 역시 그들답게 조용한 분위기 속에서 진행되었다.

대규씨가 먼저 술잔을 들고 나서야 그들도 술잔을 들었고, 장손이 숟가락을 들고 국물을 떠야 그들도 숟가락을 들었다. 그러한 행동들을 다른 사람이 보고 있었다면 병신 육갑들 하고 있다며 옆구리가 결리도록 웃을 일이기도 했다. 아니면 사이비 종교단체가 가당찮은 의식을 벌이는 꼬락서니로 보일 수도 있었다. 그러나 당사자들에게는 그렇지 않았다. 오래전부터 자연스럽게 몸에 밴 행동들이었기 때문에 너무나 자연스러워 자신들이 이상하게 비치고 있을 거라고는 상상조차 할 수 없었다.

식사를 곁들인 술자리는 밤늦도록 계속되었다. 나중에는 거나하게 취한 사람도 있었다. 누구나 취한 상태가 되면 평소에 굳건하게 지켜오던 억제력이 풀리면서 자신도 모르게 해죽해죽 익살스러워져서 좌중을 웃기고 싶어진다. 그리고 어딘지 모르게 자신감이 상승해 까닭없이 으스댄다. 술에 취하기 전에는 이마 위로 올려다보이던 사람들이 언제부턴가 턱 아래로 보이기 시작한다. 앞에 앉은 사람이 손가락으로 슬쩍 건드려도 뒤로 나가떨어질 것처럼 완력에도 자신감이 붙으면서 말도 건방지고 도도하게 나오기 시작한다. 서푼짜리 악담과 조롱이 오가고, 거칠고 투박한 말투와 마음속에 새겨두어서 길게 남을 영양가라곤 한푼어치도 없는 허튼수작들이 난무한다. 코딱지가 눈곱을 비웃고, 허세와 가벼운 손찌검도 오간다. 그래서 지금까지 한 번도 시도해본 적이 없는 완력을 구사해볼 용기까지 생긴다. 그리고 인생에서 한 번도 발설한 적이 없었던 엄청난 비밀을 불쑥 털어놓으며 게슴츠레한 눈으로 주위의 반응을 살핀다. 아니면 저 혼자 흥분한 나머지 얼굴이 파래지도록 웃기도 한다. 항렬 낮은 놈이 평소와는 딴판으로 시뻘건 눈으로 손위 아저씨를 잡아먹을 듯이 노려보며 찔통을 부리기도 한다. 어떤 인사는 뭔가 유식한 말로 좌중의 공감을 얻어 술자리를 휘어잡고 싶은데, 그 말이 생각나지 않아서 한동안 멍한 눈으로 천장을 쳐다보며 선웃음 치기도 한다. 이튿날 술이 깨고 나서야 자기가 지난밤에 하고 싶었던 유식한 말이 전광석화처럼 떠오르는데 그 말은 '세상에 목숨을 걸 만한 여자는 없다' 같은 말이다. 그 간단한 한마디가 왜 그렇게 생각나지 않는가, 내 머리도 녹이 슬기 시작했나 아니면 나도 이젠 늙었는가 하고 탄식한다.

그런데도 불구하고 그날 밤 옷갓마을 사람들만 모여 앉은 술

자리에선 손톱만한 일탈도 없었다. 대규씨가 오랜만에 여러 번 축배를 외치자, 그에 따르면서도 술에 취해 실수를 저지르거나 비틀거리는 사람은 없었다. 그리고 늦은 밤, 대규씨는 누군가의 가벼운 결부축을 받으며 자기 방으로 물러났다. 방에는 벌써 이부자리가 깔려 있었고, 머리맡에 자리끼까지 떠다놓았다. 술로 말미암아 기가 빠진 그는 잠자리 위에 사지를 벌리고 벌렁 누워버리고 말았다. 평소에는 자주 볼 수 없었던 일탈이었다.

그 여자가 언제 무슨 이유로 대규씨 방에 들어왔는지는 알 수 없었다. 한 가지 분명한 것은 그가 자진하여 그녀를 초대한 기억은 없다는 것이었다. 깊은 밤 잠결에 가까이서도 먼 듯하고 멀리 있어도 가까운 듯한 뻐꾸기 소리를 들었다는 기억이 삼삼했다. 푸른 하늘에 송홧가루가 날리는 석양 무렵이었다. 뻐꾸기 소리는 송홧가루가 날리는 즈음에 더욱 그윽하고 구슬펐다. 그런 옷갓마을의 석양이 꿈속처럼 그의 뇌리를 흘러가고 있었다. 취해 있었는데도 그런 환영이 실제로 바라보이는 것처럼 너무나 선명하게 전개되었다.

여자의 술냄새 나는 뜨거운 입김이 한동안 그의 귓가에 머물러 있었다. 그리고 옆구리에 따개비같이 찰싹 들어붙어 떨어지지 않았다. 대규씨는 그때까지도 속옷은 입고 있었지만 바지가 벗겨져 있는 상태라는 것을 깨닫지 못했다. 새벽녘에야 어렴풋이 그 방에 여자가 있다는 것을 깨달았다. 그녀를 똑바로 쳐다볼 수는 없었지만, 몇 마디는 물어봐야 한다고 생각했다. 그는 등을 돌리고 앉아 두 손을 등뒤로 돌려 브래지어 후크를 능숙하게 잠그고 있는 그녀에게 물었다.

"아가씨는 어디서 왔소?"

그의 말이 채 바닥으로 떨어지기도 전에 그녀가 잠이 덜 깨서 퉁퉁 부은 목소리로 되받았다.

"젠장 내가 미친다니까. 만나는 사내들마다 첫인사가 어디서 왔느냐고 묻는다니깐. 아저씨는 어디서 왔는데요?"

기가 찰 노릇이었다. 그때서야 자신은 하반신을 벗고 있었지만, 그녀는 상반신을 벗고 있었다는 것을 깨달았다. 그런 정황이 너무나 기이해서 기가 찼던 대규씨의 입가에 쓴웃음이 지나갔다. 그녀가 등뒤에 눈이 붙어 있는 것처럼 뒤돌아보지도 않고 물었다.

"왜 웃어요?"

"내가 웃었소?"

"참 나, 기가 막혀서. 자기가 웃어놓고 웃었느냐고 날보고 되묻는 사람 만나보긴 처음이네…… 부질없는 인생살이에 뭘 하려고…… 요사이 정신 나간 사람들이 많은가봐."

그녀의 냉정한 대꾸에는 문득 적의가 묻어 있었다. 그러나 대규씨는 떨리는 목소리로 다시 물었다.

"나이는…… 몇 살이오?"

그 순간 그녀의 입에서 더욱 매몰찬 한마디가 쏟아졌다.

"시시하게 그런 건 왜 물어요? 데리고 살 것도 아니면서……"

"술냄새가 많이 나던데?"

"술? 어제는 이모하고 둘이서 가볍게 한잔한 거예요. 내 똥배를 째고 창자를 꺼내가도 모를 정도로 왕창 마실 때도 있어요."

"창자라니?"

"창자도 몰라요? 아저씨 똥배 속에도 있잖아요."

"그것참, 별소리를 다 듣겠네. 하필이면 창자인가?"

"뱃속에 있는 여러 장기 중에서 꺼내기가 가장 손쉽지 않겠어요?"

"아가씨는 하루 시간을 어떻게 보내나?"

"하루 중에 반은 옷 입는 일로 보내고, 나머지 반은 입었던 옷을 벗는 데 쓰며 살아요."

"밥은 안 먹고?"

"밥은 먹어서 뭘 해요. 이 나이에도 배만 나오고 혈당만 올라가지, 양배추 같은 걸 질근질근 씹어먹어요. 내 인생을 질근질근 밟듯이……"

"자기 말을 남의 말 하듯 하네?"

"그건 아저씨도 마찬가지."

"그건 나와 비슷하군."

"그러니까 시시한 농담 그만둬요."

"그래도 젊으니까 장래희망 같은 것은 있을 텐데?"

"길거리에서 헤매는 여자라고 장래희망이 없겠어요. 내 머릿속은 몇 날 며칠을 씻고 닦아도 지워지지 않을 더럽고 추잡한 기억들로 가득차 있어요. 그 기억들을 말끔하게 지워주는 약이 나오기를 기다리며 살아가요. 그게 내 장래희망이에요."

"그런데도 어째서 이런 직업을 계속하고 있을까?"

"난 혼자 있는 게 싫어요. 밤에는 더욱 그래요. 달리 할일도 없고, 돈도 별로 중요하지 않아요. 난 그런 거 경멸해요. 싫다구요."

말문이 칵 막혀버렸다. 그녀는 어둠 속에서도 벗어두었던 옷을 정확하게 찾아 입고 밖으로 나가버렸다. 열렸다가 닫히는 문 사이로 아직도 희미한 어둠이 모텔의 복도를 가득 채우고 있었다. 대규씨는 그 순간 얼른 일어나 이부자리 곁에 자신의 분신처럼 널부러져 누워 있는 두루마기를 주워 하반신을 가리고 난 뒤에 기진맥진하여 다시 깊은 잠 속으로 빠져들었다. 그리고 그다음은 아무 일도 없었다. 그녀가 다시 문을 열고 방으로 들어올까 잠깐 동안은 조마조마했으나 그런 불상사는 일어나지 않았다.

지난밤에 벌어진 그의 어설프고 서툰 외도를 눈치챈 사람은 없어 보였다. 그러나 지난밤 그의 일탈을 목격했거나 주선한 사람이 일행 중에 있다는 것은 분명했다. 하지만 그가 누구인지 찾아낼 재간은 없었다. 사실 그녀와 정사를 걸판지게 치르기나 했는지 그런 기억조차 선명하지가 않았다. 그냥 시늉만 하다가 말았을 수도 있었고, 빼꾸기 소리처럼 환영이었을 수도 있다는 생각을 했다. 아침식사 자리에서 그는 시치미를 떼고 복길씨에게 슬쩍 한마디 건넸다.

"지난밤에 우리 마을에서 들었던 것과 똑같은 뻐꾸기 소리를 들었네."

"뻐꾸기 소리요? 집 나선 지 몇 시간 됐다고 벌써 집 생각을 하십니까."

복길씨는 태연하게 대답했다. 대규씨는 마음이 놓였다. 천만다행으로 일행 중 어느 누구도 그에게 와서 밤새 잠자리가 편안하셨느냐고 안부를 묻는 사람이 없었다. 그들은 흡사 대규씨와 일행이 아닌 것처럼 무관하게 행동했다. 모텔에서 준비한 늦은 아침을 먹은 뒤 버스를 타고 강원도의 깊숙한 산속을 향해 달리기 시작했다. 문제는 버르장머리 없는 운전기사였다. 그는 어제와는 달리 줄곧 백미러를 쳐다보면서 희죽희죽 웃어댔다. 그의 돌발 행동을 무시할 수도 있었지만, 그도 역시 같은 일행이란 것이 문제였다. 그가 지난밤에 있었던 추태를 목격했을 수도 있다는 생각이 들어 대규씨는 불안했다. 갑자기 얼굴이 화끈거리고 심장이 뛰었다. 시선을 어디에 두어야 할지 갈피를 잡을 수 없었고, 두 손이 떨려왔다. 하반신에 경련까지 일어났다. 곁에서 유심히 보고 있는 사람이 있었다면 간질을 앓는 사람이 아닌가 의심받을 만했다. 그때 복길씨가 다가와 입안으로 우황청심환 한 개를 넣어주며 나지막하지만 재빨리 말했다.

"형님, 난데없이 떨고 있네요. 천천히 씹어 드세요."

관복길씨는 기사에게 얼마 지나지 않아 나타난 간이 휴게소에서 버스를 세우도록 했다. 예정에 없었던 정차였다. 버스가 멈추자, 그는 문중의 일행들을 향해 한마디했다.

"볼일이 없더라도 화장실을 한번 둘러보세요."

일행이 화장실로 줄달음치는 사이 복길씨는 운전기사를 버스 뒤쪽으로 데리고 갔다. 그러곤 낮지만 뭔가 삼엄한 목소리로 그에게 훈계했다. 기사는 얼굴이 무두질한 것처럼 허옇게 되어 뒤뚱거리며 운전석으로 돌아왔다. 그는 주눅이 든 심사를 꿰고 있는 시무룩한 눈길로 대규씨를 힐끗 바라보다 말고 재빨리 눈길을 돌렸다. 복길씨에게 따귀 한 대 맞은 것 이상으로 혼쭐이 난 게 분명했다. 복길씨는 평소에 주위 사람들에게 말했다. 가는 말이 고우면 사람을 얕보거나 멸시당하기 십상이다. 가는 말이 거칠어야 오는 말이 곱다는 것이 그의 평소 지론이었다. 그는 버스 기사에게 평소의 소신을 그대로 적용한 듯했다. 그래서 사람들은 이구동성으로 말했다. 복길씨는 객지 생활 하면서 맹물만 먹었던 게 아니야. 목이 탈 정도로 무지무지하게 짠물을 먹고 돌아온 게야.

버스는 아주 조용히, 설악산을 바라보며 달렸다. 버스 안은 어제처럼 약속이나 한 듯이 잠 속으로 빠져들었다. 그러나 소곤소곤 담소를 나누는 축도 있었다. 잠결에 간간이 들려오는 말은 지난밤에 일행이 묵었던 모텔의 규모나 객실 숫자나 낯설었던 모텔의 이름 따위였다.

"그 호텔 이름은 좀 이상했어."

"호텔이 아니고 모텔이라니깐."

"호텔이나 모텔이나 사람들 잠자는 곳이긴 매일반이지."

"내가 보기엔 잠만 자는 곳은 아닌 것 같더군."

"그럼 거기가 잠 안 자고 뭐하는 곳인가?"

"내 옆방에 투숙한 일행은 초저녁부터 날이 훤하게 샐 때까지 잠은 안 자고 두런두런 얘기만 하더구만. 그래서 나도 덩달아 한숨도 못 잤네. 무슨 얘길 하는지 엿들어보려고 귀를 벽에 대봤는데도 도무지 웅얼웅얼하는 소리만 들릴 뿐 한마디도 못 알아들었어."

"그 방에서 잔 사람들은 숙박비만 공중에 날렸군."

"그 대신 모텔이 어떤 곳인지 단체로 경험했잖아."

대규씨가 듣기에는 영양가도 없어 보이는 알맹이 없는 대화들이었다. 그에겐 여행이란 그런 것이었다. 애당초 아무것도 하지 않으면 아무런 일도 일어나지 않는다는 것이 그의 지론이었기 때문에 이젠 두 번 다시 여행이란 것에 발을 디밀어넣을 일은 없을 것이었다. 여행에는 어차피 술이 따라다니고 술의 뒤를 따라가다 보면 사람의 못된 됨됨이와 허물이 낱낱이 들통나고 만다는 것을 그는 선대의 가르침으로부터 터득하고 있었다. 술이 사람을 개차반으로 만든다는 말은 말짱 흰소리에 불과했다. 사람이란 원래 개차반이란 것을 술이 밝혀줄 뿐이란 선대의 말씀이 하나도 헛된 소리가 아니었다.

그 여행 이후 다섯 달이란 짧지 않은 시간이 흘러갔다. 대규씨를 비롯해서 그 여행에 동행했던 관씨 문중 사람들 대부분이 지난봄에 있었던 설악산 여행은 잊어버렸다. 그리고 가을의 기제삿날이 돌아왔다. 제사는 선대가 모셨던 광덕산 영당에서 성대하게 이루어졌다. 제사에 쓰인 제수는 선대가 영당의 보전과 제사에 쓰라고 희사한 삼천 평의 위토답에서 생산되는 소출에서 마련했기 때문에 온 마을이 참여해도 언제나 풍족하게 차려진 제사상이었다. 오 개월 전에 있었던 추문이 다시 문제가 된 것은 복길씨가 대수롭지 않게 여겼던 의복 차림에서 비롯되었다. 사달의 시초는 제사의 순서가 모두 끝나고 영당 앞에서 있었던 음복 과정에서 불거졌다. 문중 사람 이십여 명이 교자상을 중심으로 둘러앉아 음복하려는 찰나 멀찌감치 앉아 있던 복길씨가 대규씨 곁으로 다가와 앉았다. 그러곤 귓속말로 속삭였다. 그 첫마디가 심상찮았다.

"형님, 왜 이러십니까. 경솔했습니다."

여행 이후로 의식적으로 복길씨를 가까이하지 않으려 했던 대규씨가 물었다.

"아우님, 무슨 소린가?"

"지금 입고 있는 두루마기 말입니다."

"이 두루마기가 어때서?"

"그 두루마기를 조상님 뵙는 제사에 입고 나와서는 안 되는 것 아닙니까?"

그 순간, 대규씨는 둔기로 뒤통수를 얻어맞은 듯 충격을 받았다.

"조상님이 하늘에서 내려다보고 계십니다. 그 두루마기는 지난봄에 모텔에서 몸 팔던 여자와 같이 덮고 잤던 그 두루마기 아닙니까? 그 옷을 조상님 제사상 앞에서 버젓이 입고 절을 올리다니, 세상 말세가 다 됐습니다. 예와 효를 평생의 가치로 삼는다는 분의 처신이 드디어 개차반이 되었군요."

파랗게 질린 대규씨가 그 순간 손으로 복길씨의 가로로 찢어진 입을 틀어막았다. 그러고는 끌려가지 않으려고 엉덩이를 뒤로 빼고 버티는 그의 괴춤을 비틀어잡고 가까스로 담장 밖으로 끌고 나갔다.

"아우님, 어쩌자고 조상님 모시는 제사상 앞에서 그런 추잡한 말을 할 수 있나?"

"형님이야말로 어쩌자고 그 추잡한 옷을 제삿날 입고 나오셨어요. 차라리 넝마를 입고 나오시지 그랬어요. 그렇게 분별력이 없으십니까? 발걸음 한 번도 함부로 내딛지 않는다는 분이 무슨 명분으로 그런 실수를 저지르고 다닙니까."

"아우님 그만하시게. 이 일을 어떻게 수습하면 좋겠는가."

흥분한 나머지 몸까지 떨고 있던 복길씨가 언제 마련한 것인지 윗도리 안주머니에서 은박지에 싸인 우황청심환 한 개를 꺼내 파랗게 질린 대규씨의 입안으로 쑤셔박으면서 말했다.

"천천히 꼭꼭 씹어 드세요."

대규씨가 우물우물 청심환을 씹어 삼키고 있는 것을 딱한 시선으로 지켜보며 복길씨가 말했다.

"지난번 여행 때 동행한 문중 젊은이들 몇 사람은 형님이 저지른 추잡한 범죄를 낱낱이 지켜보았을 수도 있습니다. 형님 그거 아세요? 그날 밤 모텔에 모습을 나타낸 여자라곤 딱 그 여자 하나였고, 그 여자가 엉덩이를 흔들며 어느 객실로 들어가는지 빤히 지켜본 사람이 있었을 것 아닙니까. 문중의 장손이라는 분이라면 구설수에 오를 일은 처음부터 저지르지 말았어야지요."

"그들도 그때 일을 정말 눈치채고 있었나?"

"형님 그거 아세요? 밤말은 쥐고 듣고 낮말은 새가 듣는다는 말? 그 말이 괜히 지껄이는 허풍인 줄 아십니까. 그 사람들이 청맹과니가 아닌 이상 장손인 형님이 그날 밤 저지른 일을 모르고 있겠습니까. 소문이 커지면 누워서 침 뱉기로 옷갓마을 문중 전체가 창피만 당할 일이어서 입을 다물고 있을 뿐이지요. 제가 나서서 형님을 엄호한다 해도 손바닥으로 하늘 가리기가 아니겠습니까. 하긴 동행했던 사람들이야 제가 나서면 그 헤픈 주둥이를 틀어막을 방법은 있겠지만 일이 어쩌다 꼬여서 형수님이라도 눈치채게 되면 형님은 그날로 장손이고 뭐고 끝장일 테지요. 옷갓마을에서 쫓겨날 수도 있습니다."

그날부터 대규씨는 살아도 사는 것이 아니었다. 먹어도 먹는 게 아니었고 잠들어도 잠든 게 아니었다. 그야말로 전전긍긍이었다. 입에 들어가는 채소는 종이 같았고, 고기는 고무 씹는 것과 같았다. 선대로부터 물려받은 네모반듯한 위토답 삼천 평이 복길씨 앞으로 양도된 시말은 바로 거기서부터 연유된 것이었다. 그 위토답은 마을의 중심과는 거리를 두고 있었기 때문에 노른자위 땅이라고는 할 수 없었다. 그런데도 복길씨는 얼마 전부터 그 땅을 마을의 번영회에 양도해달라고 짓조르고 들었다. 대규씨가 선대로부터 물려받은 영당의 위토였던 만큼 함부로 양도할 수 있는 땅이 아니라고 버텨온 것인데, 단 하룻밤의 일탈로 허무하게 빼앗겨버리고 만 것이었다.

하지만 소문은 새끼를 치기 마련이어서 이유는 알 수 없으나 문전옥답 삼천 평이 복길씨에게로 소유주가 바뀌고 말았다는 것을 눈치챈 장여사는 속이 타서 숯이 되고 말았다. 그로부터 대규씨와 장여사는 같은 지붕 밑에 살고 있는 남남이 되고 말았다. 그 이유를 캐내려고 백방으로 수소문하고 간계까지 꾀했으나 두 사람이 절대로 입을 열지 않아 허사가 되고 말았다. 소유권 이전이 된 뒤에도 복길씨는 한번 더 쐐기를 박았다.

"그때 여왕별 모텔 방에 들어왔던 그 여자가 형님 주소 알고 있겠지요?"

"아니, 그 여자가 왜 내 주소를 알고 있어야 돼?"

"형님 뭘 모르시네. 예를 덕목으로 알고 있는 형님이 옳다구나 하고 주소를 가르쳐주었을 텐데요?"

"추호도, 그런 적 없네."

"가르쳐주지 않아도 닳고 닳은 길바닥 여자가 형님 주소 알아내기는 누워서 떡 먹기죠. 인터넷 뒤지면 보름달 뜨듯이 죄다 뜹니다. 그 여자가 옷갓마을에 불쑥 찾아와서 형수님 손목 비틀어 잡고 형님 저 오늘부터 여기 와서 서방님 모시고 같이 살래요, 하면 그땐 형님 주소지는 이 세상이 아닐 테지요. 형님 그 여자 문밖으로 내보낼 때, 돈 줬습니까?"

"글쎄, 돈 준 기억은 없네."

"그것 보세요. 돈 안 준 것은 큰 실수였습니다. 그 돈 받기 위해서라도 형님 찾아올 수도 있어요. 세상에 공짜가 없다는 것은 처사 행세하는 형님도 아실 테지요. 길거리 먼지를 뒤집어쓰고 살아가는 여자가 몸 주고, 가슴 주고, 입술 주고, 받을 돈을 잊어먹을 리가 있겠습니까."

"돈을 요구한 얘기 자체가 없었네."

"그 여자도 낯짝이 있지, 형님 면전에 맞대놓고 화대를 요구했겠습니까. 알아서 찔러줘야지요. 형님 그거 아세요? 그래야 뒤탈이 없습니다."

"그 여자가 돈에는 그다지 미련두지 않는다고 했어."

"형님도 정말 딱한 분이네요. 그 말을 곧이곧대로 믿었습니까? 그 말은 몸 팔고 사는 여자들이 곧잘 하는 소리예요. 왜지 아십니까? 그 말에 자기 스스로 위안을 받기 때문입니다. 그 이상 그 이하도 아닙니다. 알고 보면 헛소리지요."

"돈을 건넬 경황이 아니었네. 대화 몇 마디 나눈 기억은 있지."

"바보짓을 했습니다. 형님이 세상 물정에 어두운 분이란 것은 알고 있지만 너무했습니다."

"사실 그 여자와 몸을 섞은 기억도 없어."

대규씨 기색이 언짢아 보였으나 그럴수록 복길씨는 가차없이 밀어붙였다.

"형님, 추잡한 짓을 저질러놓고 비겁하게 그런 말 하면 안 되죠. 그 여자가 가만있지 않을 겁니다."

"내가 꿈을 꾸었나?"

"꿈 같은 소리 하고 있네요. 그 여자가 꿈이 부르면 쏜살같이 달려오는 똥개인 줄 아십니까."

그 순간 대규씨 입에서 우는소리가 터져나왔다. 대규씨도 그날 밤의 일이 긴가민가했지만, 소문으로도 신세를 망치고 싶지 않았다. 시골에선 기억이 오래간다는 것을 그는 누구보다 잘 알고 있었다.

"아우님, 이 일을 어찌하면 좋은가."

남자의 절망보다 더 꼴사나운 것은 없었다. 그런 대규씨를 복길씨는 노골적으로 쓸까스르며 이죽거렸다.

“가만계셔보세요. 형님 인생 여기서 종친 것은 아니잖아요. 형님 그거 아세요? 갯버들이 있는 곳에 물이 가까이 있다는 거? 문제가 발생하게 되면 해결 방법도 거기에 같이 있다는 얘깁니다. 그게 우리가 경험한 유구한 역사예요. 하지만 이것 한 가지는 명심하세요. 이미 저지른 일은 코끼리가 잡아당겨도 되돌릴 수 없어요. 그거 아셔야 합니다.”

그 순간 땅콩버터같이 누렇게 뜬 얼굴이 된 대규씨의 가슴속은 성에가 낀 듯 싸늘하게 식었고, 복길씨에게는 사촌의 생사여탈권이 자기 손에 쥐어져 있다는 생각이 빠르게 스쳐갔다.

6

마을 앞을 흐르는 시냇물에 큰물이 진 것은 복길씨가 돌아온 그해 여름이었다. 마을 근처에는 비가 내리는 시늉만 했을 뿐이었다. 그러나 동쪽으로 멀리 떨어진 상류에 밤새 폭우가 내린 탓으로 옷갓마을 시냇물이 느닷없이 범람하는 피해를 입었다. 그날의 범람으로 마을 앞 풍광은 옛날의 모습을 거의 찾아볼 수 없을 정도로 찌그러지고 말았다. 가장 큰 피해를 입은 건 마을 앞 제방과 건너편 한길에 있는 대숲을 이어주던 섶다리였다. 그 섶다리가 하룻밤 사이에 속절없이 하류로 쓸려내려가 반 이상이 흔적없이 사라져버렸다. 섶다리는 마을의 공동 재산이면서 전통적 의미의 자존심이었다. 오랫동안 보수도 않고 방치된 상태였지만, 그 섶다리를 구경하겠다고 한길을 지나던 관광버스가 멈추어 서는 일이 여러 번이었다. 마을의 목가적인 풍경에 시선이 끌렸기 때문이다.

마을 사람들이 죽변천으로 부르는 그 시냇물은 맑고 청명하기로 소문이 자자했다. 섶다리를 중심으로 상·하류 십여 리에는 은모래가 깔려 있었다. 때때로 장마가 스치고 지나가도 은모래 강변은 크게 훼손된 적이 없었다. 그 모래 위로 잔잔한 시냇물이 비끼는 햇살을 받아 유리 세공품처럼 반짝였다. 다리 위로 간혹 뱃심 좋은 장꾼들이 겅중겅중 학춤을 추며 건너다니기도 했다. 그럴 때면 멀리서 헤엄치던 물고기들이 섶다리를 떠받쳐주는 지지목 아래로 잽싸게 모여들곤 했다.

죽변천에 살고 있는 물고기들은 사람을 피해 달아나는 법이 없었다. 오래전부터 반두나 그물 따위로 물고기를 잡은 적이 없었기 때문이다. 모래무지가 모래펄에 코를 박은 채 꼬리를 흔들어댔고, 사람이 나타나면 곧잘 멀리로 달아나버리는 쉬리떼가 또 다른 쉬리떼를 몰고 이리저리 물살 속으로 헤엄쳤다. 자갈 깔린 곳을 좋아하는 감돌고기들이 지지대를 휘감으며 놀았고, 갈겨니와 버들치와 미꾸리와 피라미 들이 나타나 요염하게 물살을 가르곤 하였다.

노을이 질 무렵이면 건너편 대나무숲이 몽땅 물여울 속으로 잠겨들어와 쉬리떼가 흡사 대나무숲 사이를 누비고 다니는 듯한 환상적인 풍경을 만들어내곤 하였다. 저녁 바람은 늪에 잠긴 대나무숲을 잡고 이리저리 흔들어댔다. 그 사이로 저녁노을이 붓으로 난초를 그린 듯 하늘가를 기다랗게 적시곤 했다.

그런 풍경들이 하룻밤의 범람으로 사라지고 말았다. 섶다리 위쪽에는 실꾸러미 하나를 모두 풀어도 끝이 땅에 닿지 않는다는 전설이 있는 깊은 늪이 자리잡고 있었다. 지금은 수량이 줄어들어 가장 깊은 곳이 사 미터쯤 되는 소沼가 되어 있었다. 그러나 장마가 지면 중심에 물 소용돌이가 보이고 소용돌이 속으로 물살이 빨려들어가는 모습이 확연하게 바라보였다.

섶다리가 있는 지점에서 바라보면, 그 늪은 물속으로 한쪽 어깨를 적시고 있는 산코숭이에 가려 잘 보이지 않았다. 물길이 마을 쪽으로 완만하게 굽어 있기 때문이었다. 그래서 그 늪 근처는 평소에 인적이 드물고 한적했고 스산한 기운까지 감돌아서 아녀자들은 물론이고 담력이 약한 성인 남성들조차 접근하기를 꺼렸다.

언젠가 그 늪에서 멱을 감던 처녀 둘이 물에서 나오지 못하고 감쪽같이 물속으로 사라졌다는 전설도 전해졌다. 비가 내리는 밤이면 그곳에서 물속으로 사라져 목숨을 잃은 처녀귀신들이 살려달라고 애원하는 소리가 들려와 사람들의 간담을 서늘하게 만든다는 괴담도 있었다. 때로는 그 처녀들이 재잘거리며 물살 위를 종종걸음으로 달려간다는 얘기도 들려왔다. 그래서 마을의 청년들이 비바람이 몰아치는 겨울밤에 모여 늪에 가서 작대기를 꽂고 돌아오는 엿 내기나 묵 내기 겨루기도 했다는 얘기도 있었으나, 지금은 그런 바보 천치 같은 간담 겨루기는 사라지고 없었다.

여름이 되어 햇살이 뜨거워지면 고기잡이인 관태석씨는 그 늪가의 모래펄에 죽치고 앉아 하루종일 해바라기를 했다. 걸음을 옮겨놓은 때마다 휘어진 허리 때문에 모래펄에 콧등을 박을 듯 조마조마한 노인네는 해바라기를 하면서 앉은 채로 졸기도 하고, 맞은편 절벽 틈에 있는 딱새 둥지에 시선을 고정한 채 지루한 낮 시간을 보내기도 했다. 광덕산에 살고 있는 뻐꾸기는 딱새 둥지에 탁란을 하고 어디론가 날아가버리곤 했다. 그러나 딱새 어미는 아랑곳 않고 정성껏 뻐꾸기 알을 품고 있었다.

노인네가 앉아 있는 장소에서 물가로 몇 걸음 간격한 자리에는 양은 양동이 한 개와 지상에서 오십 센티미터 정도의 높이로 꽂아놓은 팻말 하나가 보였다. 그 팻말에는 어린아이의 서툰 솜씨로 그린 듯 써놓은 글씨가 보였다. 거기에는 '카드는 사절. 주인 백'이라고 쓰여 있었다. 관태석씨는 일흔이 넘은 호호야였다. 이는 입 안쪽에 몇 개만 남아 있는 합죽이였고, 얼마 전까지 노랗게 달려 있던 염소수염도 이제 하얗게 서리를 맞았다. 귀도 멀어서 자기를 흉보거나 얕잡아보는 말 외에는 큰 소리로 말해도 알아듣지 못했다. 이상하게도 자기를 험담하는 말은 귓속말로 속삭여도 대뜸 알아채곤 해서 사람들을 머쓱하게 만들었다.

기억마저 오락가락하여 금방 했던 말도 곧장 잊어버리고 통역사 격인 지순에게 저 사람 지금 뭐라고 떠벌렸느냐고 되묻기 일쑤였다. 관태석이란 성함이 엄연했으나 보통은 욕쟁이 할배로 불렸다.

십 년째 하루 두 끼를 라면으로 때워도 죽지 않고 건강하게 연명하고 있다는 소문이 파다했다. 그래서 이러저러한 라면 회사에서 앞다투어 자기들 제품을 보내주었다. 방구석에 쌓아둔 라면 상자가 봉고차 적재함에도 넘칠 만한 부피였다. 나이는 고령이었지만, 천성이 통명스럽고 상소리를 입에 달고 다녀 마을의 젊은이들이 질색을 하고 상종하지 않으려 했다.

"너희들 똥개처럼 담 밑에 모여서 뭐하는 거냐."

어린아이나 젊은이 할 것 없이 싸잡아 거칠고 험악한 말로 쏘아붙이는 데는 나름대로 까닭이 있었다. 그들이 담장 아래 모여 자기를 귀먹은 늙은이라고 헐뜯고 있다고 지레짐작하기 때문이었다. 그렇게 욕을 먹어도 함부로 맞받아치지 못하는 이유도 있었다. 태석씨가 장손은 아니었으나, 마을에서 보기 드물게 항렬이 높았기 때문이다.

생선가게 망신은 꼴뚜기가 시킨다는 말이 있듯이 체통을 엄중하게 여기는 옷갓마을에서 노인네의 존재는 그처럼 눈엣가시였다. 그럼에도 불구하고 그의 존재를 그럭저럭 용납하고 있는 것은 그가 마을을 찾아오는 방문객들의 시선을 끌 만한 일을 하고 있기 때문이었다.

그들은 의례껏 노인네에게 마을 풍경에 대해 물었다. 이를테면 맞은편 대숲에서 울고 있는 새소리를 가리켜 저 새가 멧새인지 참새인지 물어보는 것이었다. 그때 노인네는 들은 척도 않고 먼산바라기를 하고 있다가 우물우물 대답을 하는데, 도대체 무슨 말을 하는 것인지 알아듣기 힘들었다. 말이 입안에서만 맴돌았기 때문이다. 마을에서 익숙하게 상종하고 있는 사람들도 알아듣기 힘들 정도였다. 그때 곁에 서 있던 지순이가 한 대목도 어긋나지 않게 통역을 해주었다.

"쎄빠질 놈들, 거시기가 참새인지 멧새인지 알게 뭐야, 새소리면 됐지."

"아니, 그러면 멧새나 참새나 똑같은 새라는 겁니까?"

"그거 알아서 얻다 쓰려는 거야. 헛발질 그만하고 집에 가서 자빠져 잠이나 자."

"말씀이 매우 거칠어서 거북하네요."

"가는 말이 고우면 사람을 얕보기 때문에 하는 말이야."

"우리가 언제 어르신네를 얕보았다고 그러십니까?"

노인네는 아랑곳 않고 쏘아붙였다.

"저리들 비켜. 새소린지 방귀 소린지 내가 알게 뭐야."

때로는 강가 모래펄을 지키고 있는 노인네에게 집이 어디냐고 묻는 사람도 있었다. 지순이가 대답을 통역했다.

"집은 왜 물어? 또 라면 보내려고?"

"라면 얘기가 거기서 왜 나와요? 그게 아니구요. 그냥 궁금해서 묻는 거예요."

"그냥 궁금한 게 어딨어. 다 이유가 있는 게지. 보내려거든 떡국을 보내. 라면은 이제 물렸어."

"이 마을이 유명한 전통 마을이잖아요."

"전통 같은 소리 하고 있네. 어떤 놈이 우리 마을을 두고 전통이라 했어? 전통은 옛날 사람들이 등에 메고 다니던 화살통이 전통이야. 그게 무슨 노루 방귀 뀌는 소리야."

"그러지 말고 가르쳐주시죠. 전통 마을 맞잖아요."

"내가 살고 있는 집? 여기서 걷기 시작하면 반나절은 걸릴 거야. 저기 보이는 제방 둑을 한참 걸어가서 섶다리를 만나 대밭 쪽으로 건너가다보면, 싹이 돋아 가지가 뻗게 자라서 칠백 년이 되어 죽어가는 느티나무가 있어. 그 나무 밑을 지나 밥 먹는 쪽으로 발걸음을 되돌아가면 일렁이는 물줄기가 바라보이지. 거기서 소나무 세 그루가 서 있는 동쪽으로 걸어오게 돼 있어. 그곳에는 언제나 임자 없는 나룻배 한 척이 비바람을 맞으며 매여 있어. 거기서부터 다시 모래사장을 걸어서 계속 아침해가 뜨는 쪽으로 몇 걸음만 오다보면 거시기하게 평평한 모래밭이 다시 나오는데, 그곳에 양동이 하나가 놓여 있어. 거기가 바로 내 집이야."

얼간이 노인네가 장황하게 늘어놓고 있는 말이 무엇인가 하고 쓴웃음을 짓고 있으면, 통역하던 지순이는 바로 코앞에 놓여 있는 양동이를 가리키며 "저기가 할배 집이라네요" 하고 한마디로 마무리지어준다. 말은 어눌하지만, 낯선 사람들의 얼을 빼고 뒤통수를 치는 일에는 능수능란한 노인네라는 것을 깨닫게 된다. 방문객들이 엉뚱하게 노인네의 선대 함자를 물어볼 때도 있었다. 그때 역시 노인네는 달갑지 않은 기색을 보이면서 뇌까렸다.

"빌어먹을, 함자는 무슨 쎄빠질 소리야. 광덕산에서 나뭇가지에 앉아 톱질하다가 죽은 애비가 무슨 함자가 있었겠어."

"함자를 물었는데, 톱질이 거기서 왜 나와요?"

"함자는 무슨 함자야, 택호면 됐지."

질문한 사람이 함자란 말은 익숙하게 알아도 택호란 말은 무슨 뜻인지 몰랐기 때문에 대화는 거기서 중단되고 말았다. 하지만 연세가 높으셔서 거동하기 힘들지 않으세요, 하면 그때까지 말을 입속에 넣어놓고 우물우물 굴리던 것과는 딴판으로 목에서 매우 우렁찬 목소리가 터져나왔다.

"내가 얼른 보면 볼품없고 비쩍 말라서 금방 꼬꾸라질 것 같지만, 아직까지는 팔다리가 튼실해서 힘이 세. 혈색도 이만하면 괜찮은 편이고 머리숱도 많은 편이야. 내 눈썹 보라구. 앞으로 사십 년은 거뜬하게 넘길 거야."

"우리가 보기에도 정정하세요. 백 세를 넘기시겠어요."

그렇게 부추기면 노인네는 의기양양해서 더욱 목청을 높였다.

"내가 생각해봐도 백 살은 일같잖게 넘길 것 같어. 해야 할 일이 태산이거든. 사람은 할일이 많아야 오래 사는 법이야."

"그렇구말구요."

"그런데 지금까지 살아오면서 내가 딱 한 가지 실수한 게 있어. 그것 때문에 잠을 설칠 때가 많어. 노인은 잠을 많이 자야 오래 사는데 그게 걱정이야."

"무슨 말씀이세요?"

"금쪽같은 내 딸이 산둥성에서 흘러들어온 중국 떠돌이와 붙어 살고 있는데, 아직 혼례조차 치뤄주지 못한 것이야."

"무슨 말씀이세요. 요사이 중국 사람 사위 보는 거 유행이잖아요, 중국 사위 들이지 못해서 눈이 시뻘게져 돌아가는 거 모르세요?"

"유행은 무슨 썩어빠질, 그 혼인은 애비인 내가 주선한 게 아니야. 광덕산으로 고사리 뜯으러 간답시고 딸년이 그놈하고 어울려 태조대왕 영정 모신 영당에 들어가서 서로 집적거리다가 혼례도 올리기 전에 지순이를 뱄어."

"지순이가 손녀군요."

"그런 셈이지. 그 아이 별명이 만두야."

"그 만두 손녀 어디 있어요?"

"청맹과니인가? 내 옆에 서 있는 아이를 빤히 보고도 몰라?"

"아, 얘요? 아주 똘똘하게 생겼네요."

그때, 노인네를 지켜보고 있던 열 살짜리 지순이는 수치심 때문에 얼굴은 물론이고 목덜미까지 발그레하게 상기되었으나 노인네의 말을 가로막거나 도망가지 않고 그대로 자리를 지키고 서 있었다. 방문객이 지순이의 얼굴을 유심히 살피다 말머리를 돌렸다.

"양반들만 살고 있다는 전통 마을에 듣기 거북한 불상사가 있었네요."

"양반은 무슨 썩어빠질 양반이야. 알고 보면 빛 좋은 개살구야."

"어르신도 관씨 아닙니까."

"관씨는 무슨 썩어빠질 노루 방귀 뀌는 소리야."

어느 대목부터였는지는 알 수 없었지만, 지순이가 슬쩍 개입해서 통역을 하고 있었다. 그런데 노인네가 들쑥날쑥 두서없이 내쏟고 있는 대화 중에 거의 반 넘어는 잘라먹었다. 그래도 방문객들은 지순이의 반란을 눈치채지 못했다. 노인네가 처음과는 달리 우물거리는 쪽으로 대화 방식을 바꾸었기 때문이다. 그런데도 방문객들과의 대화는 계속되었다. 노인네의 두서없는 막말과 욕설에 방문객들은 오히려 위로를 받았다. 그러나 노인네의 성깔이 그처럼 괄괄해 걱정스러웠던 지순이는 점심 무렵에 대규씨에게 만두 접시를 배달한 다음, 제방 위를 걸어서 할아버지 관태석씨 곁을 지키며 잔심부름이나 통역 일을 계속하면서 해질녘까지 시간을 보냈다.

"연세가 어떻게 되세요?"

"묻고 있는 자네보다는 거시기하게 먹었지."

"그러니까 정확하게 몇이세요?"

"자네보다 많다고 했으면 됐지 뭘 자꾸 꼬치꼬치 캐묻고 지랄이야. 정확하게 말하면 어디 팔아먹으려고?"

"어르신 죄송합니다. 무슨 말씀이신지?"

"도깨비 낮밥 먹는 소리 그만하고 말만 해. 얼마짜리 잡아줄까?"

자신과 밀고 당기기를 하고 있는 방문객들의 목적이 노인네와 입씨름을 하고 싶어서가 아니라는 것을 눈치채고 있었으므로 관태석씨는 그렇게 물었다.

"오천원짜리요."

"오천원짜리는 어제 어떤 놈이 싹쓸이해 가서 씨가 말랐어."

"그럼 만원짜리 두 마리는 되겠어요?"

노인네는 자신이 지켜보고 있는 늪의 물속 사정을 거울 보듯이 훤하게 꿰고 있었다. 그 깊은 물속에는 여러 개의 이끼 낀 바위가 숨어 있기도 했다. 그곳은 아무나 함부로 범접할 수 없는 노인네의 영토였다. 그가 늪을 떠나지 않고 있는 까닭이 거기에 있었다. 작은 왕국과 같았기 때문에 누가 물어도 집이 그곳이라고 강변했다. 백 미터 아래에 있는 여울에 섶다리가 있고 마을 사람들의 생활 대부분은 그 섶다리를 중심으로 이루어졌지만, 항상 외톨이로 살아가는 노인네는 늪 근처를 벗어난 적이 없었다.

노인네는 방문객들이 제시하는 가격에 해당하는 물고기가 늪 속 깊은 곳 어느 바위틈에 살고 있는지 정확하게 꿰고 있었다. 큰

고기는 바위틈 한곳에 자리를 잡으면 좀처럼 그 주변을 벗어나지 않았다. 고기들이 모두 제자리를 지키며 잘살고 있는지 하루에 한두 번은 수경도 쓰지 않고 맨눈으로 자맥질해서 확인하는 일도 게을리하지 않았다. 물속 순찰을 하면서 그 나름대로 고기들의 가격을 매겨두었다가 고객들이 원하는 대로 잡아서 건네주었다. 언제나 가격과 고기의 크기가 제대로 들어맞았기 때문에 관광객들은 그것에 박수를 치고 놀라자빠지며 환장하는 것이었다.

우리나라 어느 곳에서도 그런 묘기를 가진 사람이 살고 있다는 소문은 들은 적이 없었기 때문이다. 그것도 한 치 앞을 가늠할 수 없는 깊고 흐린 물속에서 가격에 딱 들어맞는 물고기를 정해진 시간에 무슨 재간으로 어떻게 잡아내는 것일까. 바라보던 사람들은 벌린 입을 다물지 못했다. 그들이 벌어진 입을 다물 때까지 얼마나 걸리는지 바라보는 것도 노인네와 지순이의 보람이고 기쁨이었다.

뿐만 아니었다. 노인네는 물고기를 잡으러 강으로 자맥질할 적에 손에는 작살 하나도 들지 않았다. 물 밖에 있는 방문자들이 숨을 죽이고 바라보고 있노라면 일 분을 채 넘기지 않고 한 마리의 메기를 손에 들고 물 밖으로 상반신을 쑥 내밀었다. 노인네가 커다란 메기를 맨손에 들고 물 밖으로 헤엄쳐나오면 사람들은 방방 뛰고 발광을 떨며 강변이 떠나가도록 소란을 피우는 것이었다. 방문객들 중에는 메기가 아닌 쏘가리 같은 고기를 잡아달라고 주문하는 경우도 있었다. 그러면 노인은 몹시 언짢은 표정으로 말했다.

"중뿔나게 거시기한 쏘가리는 무슨 지랄로 찾어?"

"이 강물 속에 쏘가리 없어요?"

"쏘가리는 없어."

"왜요? 메기가 사는 곳에 쏘가리가 안 살아요?"

"쏘가리는 저들끼리 잡아먹기도 하고 다른 물고기들도 씨를 말려."

"그래요? 처음 듣는 소리네?"

"내 말 못 믿겠으면 들어가서 쏘가리 찾아 직접 물어봐."

"그런 억지부리지 마시고 쏘가리 잡아주세요."

"저기 보이는 광덕산에 복숭아꽃이 만발할 때 잡힌 쏘가리 매운탕 맛이 일품이지. 날씨가 더워지면 손바닥을 밀어넣어도 들어가지 않는 바위틈에 숨어 있어서 잡기가 쉽지 않아. 얼음이 풀리면 물위로 떠오를 때도 있지만 그것도 잠깐이야. 금방 종적을 감추지. 센 물살에서 살기를 좋아하지."

"그럼 모래무지는 있어요?"

"있지만 못 잡어. 얕은 물에 살고 있지만 모래 속에 몸을 숨기고 있어서 용왕님도 못해."

"모래 속에 있으면 뭘 먹고 살아요?"

"아가미로 모래째 삼켰다가 먹을 것은 넘기고, 모래는 다시 아가미 밖으로 내보낸다고 해서 모래무지야."

방문객들은 노인네에게 남모를 비밀이 있지 않을까 희미한 의심도 해보았으나 그 내막을 알아내기란 정녕 어려웠다. 물어봤다가 욕이나 뒤집어쓸 것 같아서 주저하기도 했다.

노인네는 한 가지 원칙을 가지고 있었다. 지난해까지만 해도 여름이 되면 하루에 다섯 번, 여섯 번도 마다않고 자맥질해서 고기를 잡아냈지만 올해 들어선 하루에 두 번 이상은 물속으로 들어가지 않으려 했다. 처음 찾아온 일행이 신기해서 한번 더 잡아달라는 요청을 하면 삼엄한 얼굴로 딱 잘라 거절했다. 방문객들에게 받아내는 고깃값도 그날의 기분에 따라 차이가 있었다. 그리고 받은 돈을 어디다 숨기는지 아는 사람도 없었다. 누구에게 맡기는 것 같지도 않고, 스님들처럼 괴춤에 찔러넣고 다니지도 않았다. 저축은 더욱 아니었다. 은행이나 우체국에 저금하는 따위는 그날로 떼인 돈이라고 생각했다.

대숲 옆에 있는 딸의 집에도 잠자리가 있긴 하지만 여름날에는 거의 강가에서 기거를 하고 끼니 역시 라면으로 해결하기 때문에 돈 쓸 일이 거의 없었다. 그래서 벌어들인 돈을 모래펄 속에 숨긴다는 얘기도 있었고, 지순에게 맡긴다는 소문도 있었으나 확인된 것은 없었다. 장날 읍내에 가서 물건을 사는 법은 거의 없었지만, 막걸리를 좋아했기 때문에 술값으로 나가는 지출이 있긴 했다. 그러나 고기 잡아 들어오는 수입에 비하면 하찮은 푼돈에 불과했다.

"고기 잡아 번 돈은 어디다 씁니까?"

"그건 왜 물어?"

"혼자 살아가는 어르신네가 돈 쓸 곳이 어디 있는가 해서요."

"용왕님께 바친다, 왜?"

"농담이겠지요. 물속에서 쓰는 화폐가 우리와 같은 지폐인 줄은 몰랐네요."

"용왕님도 우리 돈 잘만 받더라."

엉뚱한 데가 많은 노인네로 소문난 터라 허황된 농담으로 받아들일 법도 했지만, 따지고 보면 생판 허튼소리로만 들을 수도 없었다. 지난해의 일이었다. 공짜 버스를 타고 읍내 출입을 했던 노인네가 시장 변두리에서 잔술을 파는 선술집에서 혼자 과음했던 날이 있었다.

보통은 알아서 절주를 하는 편이었지만, 그날은 먼저 세상을 하직한 늙은 아내 생각도 뇌리를 떠나지 않아 잔술을 건넬 때마다 현금 주고 바꿔 먹는 노인네와의 즉석 거래에 재미를 붙인 아낙네가 권하는 대로 술을 마신 것이었다. 달리 노인네를 제지하거나 간섭하는 사람이 없었으므로 해가 지기까지 선술집 때 묻은 목로에 앉아 소금을 안주해서 연거푸 막걸리를 마셨다. 노인네의 주머니를 노린 아낙네가 간고등어구이나 꽁치구이 등 안줏거리를 줄기차게 권해도 말을 듣지 않고 돈 안 드는 소금 안주로 일관

했다.

술 탓이었는지 문득 지순이가 보고 싶었다. 그는 중국인과 결혼한 딸보다 손주인 지순이를 유일한 가족으로 생각하고 있었기 때문이었다. 그리운 것은 항상 멀리 있고 멀리 있기 때문에 그립듯이, 지순이가 당장 눈앞에 보이지 않으니 더욱 보고 싶었다.

옻갓마을로 가는 마을버스도 끊어진 밤중에 노인네는 귀갓길을 나섰다. 해가 지면서 흐린 날씨에 비가 질금질금 내리기 시작했다. 오가는 차량도 끊어진 한길에는 음산한 기운까지 돌았으나 취중인 노인네에겐 상관없는 일이었다.

칠십 평생 끊임없이 내왕했던 익숙한 길이었으므로 고삐를 놓아두어도 소가 제집을 찾아가듯 노인네는 비틀비틀 마을 쪽으로 방향을 잡고 걸어가고 있었다. 그러면서도 입으로는 웅얼웅얼 지순이를 불렀다. 곁에서 누군가 곁부축이라도 해주면 허리를 펴고 걸을 수 있었을 텐데 하는 마음이 간절했다. 그대로 아무데나 누워 한숨 자고 가고 싶기도 했다. 그러나 술에 취해 길가에 누웠다가 그대로 저승길로 들어선 사례가 적지 않아 취중에도 그래선 안 된다는 생각이 뜨끔뜨끔 가슴을 쳤다.

그때였다. 노인네의 눈으로 보기에 서너 발짝 가깝게 보이기도 하고 한참 멀리 보이기도 하는 거리에서 마을의 대숲이 어른어른 바라보였는데, 그곳에서 갑자기 흰옷 입은 사람 같기도 한 희미한 형체가 나타났다. 그것은 손에 잡힐 듯 가까이 다가왔다가 또 언제 그랬느냐는 듯이 쏜살같이 대숲 속 멀리로 달아났다가 했다. 그 형체는 대나무숲 사이를 뱀장어처럼 요리조리 잘도 비집고 다니면서 노인네를 놓칠세라 힐끔힐끔 뒤돌아보았다. 자기 혼자서 술 취한 사람처럼 알아듣기 힘든 말을 입안에 넣고 중얼거렸는데, 그때마다 손으로 입을 가리고 웃음을 짓기도 했다. 그 모습이 이상했던 노인네는 다시 눈을 씻고 그 기이한 형상을 눈여겨보았다. 그 순간, 노인네의 입가에는 미소가 배어났다. 그러면 그렇지. 그것은 도깨비가 아니라, 바로 보고 싶었던 지순이었다.

그 대숲 앞에 놀랍게도 지순이가 서 있었다. 반갑기 그지없었다. 그러면 그렇지, 내 손주가 읍내로 외출한 할배가 밤이 깊어도 돌아오지 않으니까 대숲 앞에까지 나와서 오들오들 떨며 못난 할배를 기다리고 있었구나. 그러면 그렇지, 반갑고 감읍해서 눈물이 팍 쏟아지려 했다. 그때였다. 지순이가 고양이처럼 소리없이 다가와 와락 안기면서 이제 곧장 쓰러지려는 노인네의 겨드랑이에 팔을 집어넣었다. 손주의 체온이 가슴속 깊은 곳까지 스며들자 자신도 모르게 눈물이 쏟아졌다. 그 순간 새우처럼 등이 굽은 할배를 바싹 껴안아 곁부축할 만큼 지순이가 몰라보게 성장했다는 것이 무척 대견스러웠다. 지순이가 말했다.

"할아버지 울지 마세요. 그러면 나도 눈물이 나잖아요."

"그래그래, 울지 않으마. 니가 날 마중나온 게 하도 거시기해서 눈물이 난다."

"할아버지 술을 너무 많이 드셨네요. 몸을 가누지 못할 정도로……"

"그래, 미안허다. 니 생각이 거시기해서 몇 잔 더 묵어버렸다."

"대숲에서 조금 쉬어 가셔야 되겠어요."

"그래, 그게 좋겠구나. 너도 거시기할 것이고……"

그러나 정작 대숲 속에 자리잡고 눕자니 지순이에게 미안하기 그지없었다. 어린것이 초저녁부터 대숲 앞에 나와서 할배 돌아오기를 밤공기에 떨며 기다렸을 것이다. 대숲이 찬 공기를 막아준다 할지라도 이것은 할배가 손주에게 보여줄 짓이 못 된다는 생각이 들었다. 그래서 대숲에 기댄 길턱에 앉으려다 말고 일어섰다.

"마을이 바로 코앞인데 쉴 것도 없다. 일어선 김에 얼른 집으로 가자."

"할아버지 괜찮을까요?"

"그럼 거시기하지. 널 만나서 저절로 힘이 난다. 백 리도 걸을 수 있겠다."

"내가 부축해줄게요."

"필요 없다. 혼자 걸을 수 있다."

"고집 피우지 말고 저한테 기대세요."

"기특하기도 하지, 내 손주."

"그런데 웬 돈이 있어서 술을 그렇게 마셨어요?"

"물고기 건져주고 받은 돈이 있잖아. 너도 빤히 보고 있었으면서 묻나."

"물고기 잡아 팔아서 술 마셔버리면 늪에 살고 있는 물고기들이 좋아하겠어요?"

"할말이 없다."

"이젠 물고기 너무 잡지 마세요. 할아버지 기력도 옛날보다 못한데 자맥질 자꾸 하다가 물속에서 숨막히면 어떡해요. 용왕님이 데려가려 하겠지요. 이젠 고기 대강 잡으세요."

"그럼 난 뭘 먹고 사나?"

"라면 회사에서 라면 보내주잖아요."

"고기 안 잡으면 내가 달리 할일이 없는데?"

"하루종일 물속으로 들락거리지는 말고, 두세 마리 정도 잡는 시늉만 하세요. 숨막혀 죽는 것보다는 낫지요."

노쇠한 늙은이였지만 그의 가슴속에는 남다른 꿈이 숨겨져 있었다. 오래전부터 품어왔던 그 꿈을 오늘에 이르기까지 지순이 한 사람 외에는 누구에게도 발설한 적이 없었다. 하지만 그 숨겨둔 꿈은 머지않아 저승길에 오를 것 같은 노인네를 지금까지 지탱해주는 버팀목과 같은 것이었다. 그것이 그이로 하여금 돈을 모으는 데 전력투구하게 만들었고, 어느 누구 앞에서도 주눅들지 않고 쌍소리에 막말을 거침없이 내쏟을 수 있는 배짱까지 지니게 해주었다. 그것은 노인네에게 너무나 소중한 것이어서 만에 하나

흠집이라도 날까 함부로 발설할 수도 없었다.

그런 대화를 꽤나 오래 나누면서 지순이와 동행해 대숲 속을 종횡무진으로 헤매고 다닌 것 같았다. 그리고 고개를 들어 동녘을 바라보았는데, 어느덧 동이 트기 시작하고 있었다. 그 순간 정신이 번쩍 들었고, 그는 대나무 한 그루를 붙잡고 가까스로 몸을 지탱하고 서 있는 자신을 발견했다. 이제까지 밤을 지새워 대나무와 길고 긴 대화를 나누고 있었다는 것을 깨달았다. 맥이 탁 풀렸다. 등골이 오싹하고 이마에 진땀이 흘렀다. 의복은 찢어지고 손발은 상처투성이였다. 손등에 피가 흐르는 곳도 있었다. 밤새 대숲 속을 헤매고 다녔으니 당연한 결과였다.

"허, 거시기 내가 왜 이러나."

그 이후에도 노인네는 여전히 늪 주변을 지키며 해바라기를 했지만, 전처럼 많은 고기를 잡으려 들지는 않았다. 다만 소문을 듣고 찾아온 방문객들의 성화에 못 이겨 한두 번 체면치레만 할 뿐이었다. 그러나 문제가 없는 것은 아니었다. 노인네가 옛날처럼 많은 물고기를 잡지 않는다는 불평을 듣게 된 이장 김영세가 그이를 찾아갔다.

"어르신, 근력이 옛날 같지 않습니까?"

"왜? 내 근력이 어때서? 지금 당장 소뿔이라도 뽑을 만해."

"모두들 어르신 근력이 쇠하였다고 입을 모읍디다."

"그것참 무슨 개 같은 소린지 모르겠네. 내가 겉보기에는 비쩍 마르고 허리도 굽어서 곧장 엎어질 것 같지만 물속에만 들어가면 물개처럼 날렵해."

두 사람은 사이에 지순이가 끼어들지 않아도 대화가 가능했다. 이장은 어릴 때부터 노인네를 상종해왔기 때문에 말귀를 잘 알아들었다.

"아니 물개면 뭐합니까. 옛날처럼 고기를 잘 잡지도 못하잖아요."

"고기 잘 잡지 못한다고 어느 개아들놈이 그래?"

"마을 사람들이 이구동성으로 말합디다."

"그놈들이 뭘 몰라서 그래. 내가 좀 거시기해서 쉬려고 해."

"뭘 모르다니요. 그 사람들도 보는 눈이 있는데, 바본 줄 아세요? 뭘 모르든 뭘 알든 그건 상관없어요. 어르신께서 옛날처럼 맨손으로 고기를 붙잡아올리는 것을 보여주지 못하면 방문객들 발길도 끊어진다는 거 모르십니까?"

"그놈들하고 내 고기 잡는 것하고 무슨 상관이야?"

"그런 억지 부리지 마세요. 말이 되는 말을 해야지요. 어른께서 그 사람들에게 보여주고 돈을 벌고 있잖아요."

"왜? 내가 사기를 쳤나? 저들이 좋아서 날뛰고 발광을 하니까 할 수 없이 목숨 바쳐가며 자맥질해서 보여주며 받은 돈이야. 이장이 열 길이나 되는 물속으로 하루에도 대여섯 번 목숨 걸고 들어가봤어? 그게 배가 아파?"

"배가 아플 리가 있나요. 모두 우리 마을의 전체 이익과 여론을 종합해서 제가 대표로 드리는 말씀입니다."

"자네가 이장인 것은 옷갓마을 놈들은 물론이고 읍내의 내로라하는 놈들도 다 알고 있으니까 날 만나서 이장, 이장 하고 잘난 체하지 않아도 돼."

"어르신, 미안합니다."

"난 몰라, 내가 왜 고기 잡는 일을 게을리하는지 지순이에게 물어봐."

"어르신도 참, 여기에 그 어린 아이가 왜 끼어듭니까. 그 철부지가 뭘 안다고 그러십니까?"

"이놈아, 뭘 알고 있는지 가서 물어봐. 그 아이 철부지 아니야."

"물어보시려면 그 아이 할아버지 되시는 어르신께서 물어보시는 게 좋을 것 같은데요."

"야 이놈아, 난 진작 물어봤어."

"그래서 그 아이가 뭐랍디까."

"물고기 함부로 잡지 말라고 하더라."

"참, 기가 차네 기가 차. 이런 중차대한 일을 농담하는 듯이 받아 넘기니…… 이게 말이나 됩니까?"

"이놈아, 말이 안 되면 니 에미한테 가서 물어봐."

그래서 마을이 발칵 뒤집히고 말았다. 이장 김영세의 주선으로 번영회 사람들 몇이 동원되어 회의를 열게 되었다. 회의에 참

석한 사람들은 이장을 비롯해서 얼마 전 고향으로 돌아온 복길씨 외에 문중의 청년들이었다. 처음 이장이 저간의 경위를 대강 보고한 뒤 회의를 끝내고 한번 더 고기를 많이 잡도록 노인네를 설득해보기로 했다. 그러나 그이는 처음과 같이 요지부동이었다. 시종일관 손사래를 치는 노인네를 강제로 억누르자니 장차 일이 걱정이었고, 좋은 말로 달래자니 목적하는 결과를 얻기가 어려웠다. 마을을 찾아오는 방문객들의 발길이 뜸해질 것에 걱정이 태산 같았던 이장이 다시 노인네를 찾아가 무릎을 착 꿇었다.

"어르신네, 마을의 장래를 위해서 양보를 해주셔야겠습니다. 제가 이렇게 빌겠습니다."

하지만 노인네는 모래톱에 깔린 섬거적 위에서 상반신을 비틀고 앉아 이장을 거들떠보지도 않고 말했다.

"나는 세찬 비바람에 휩쓸려 흘러가는 연과 같아 어디로 흘러갈지 기약이 없지. 게다가 금방 했던 말도 잊어버리고 엉뚱한 소리를 할 때가 많지. 그러니 그런 말 하려거든 지순이를 찾아가게. 나하고는 상관없는 일이야."

일찍이 노인네를 상대하여 마을이 당면한 일들을 속깊이 상의했던 일이 없었기 때문에 그이를 어떻게 설득해야 할 것인지 막막했다. 애당초 늪의 물고기를 잡아서 팔기로 한 것도 그이 혼자서 결정해서 만든 일이었을 뿐 마을과 상의해서 결정한 일도 아니었다. 뿐만 아니라, 노인네가 느닷없이 고기를 잡지 않겠다고 손사래를 치는 까닭이 술 취해서 마을로 돌아오던 날 밤 헛것을 본 일 때문이란 사실을 알고 있는 사람은 없었다. 그러나 당사자는 그것이 환청이나 헛것이 아니었고, 지순이와 실제로 나눈 대화인 것으로 굳게 믿고 있었다. 그렇기 때문에 젊은 시절부터 가슴에 품고 어느 누구에게도 발설하지 않았던 그 꿈, 수평선 끝까지 나아가 높고 높은 파도에도 끄떡 않고 항해할 수 있는 통통배의 선주가 되겠다는 꿈을 접을 생각까지 한 것이었다. 생각하다 못한 이장 김영세는 장손인 대규씨가 나서서 노인네를 설득해주기를 바랐다. 복길씨가 거들었다.

"아무래도 형님이 한마디 거들어주셔야겠습니다. 노인네가 돌부처처럼 도무지 요지부동이네요."

가부좌를 틀고 앉아 눈을 지그시 감고 있던 대규씨가 건조한 목소리로 말했다.

"내가 왜?"

"형님이 장손이시고 그 지순이란 아이하고도 친하지 않습니까."

"지순이?"

"우리 마을에 지순이 말고 형님 댁을 무상출입하는 아이가 또 있습니까?"

"그 아이가 우리집을 무상출입하는 것하고 오늘 일하고 무슨 상관인가?"

"할배가 그 아이에게 물어보라 하지 않습니까."

대규씨는 난감했다. 불과 열 살짜리 계집애가 집을 무상출입하면서 자신과 친숙하게 지낸다는 말도 듣기에 거북했다. 하지만 선뜻 나서기가 내키지 않았다. 언젠가, 그 늪에서 여름 내내 끊임없이 고기가 잡히는 그 까닭을 지순이가 가만히 귀띔해준 적이 있었다.

여름철, 방문객들이 마을을 찾아오는 시기가 다가오면 노인네는 밤잠을 설쳤다. 밤이 깊어 인적이 끊어질 때를 기다렸다가 항상 곁에 두는 양동이를 들고 강 상류 쪽으로 올라갔다. 상류로 올라갈수록 강은 산코숭이를 감싸며 굽이지고 수심이 깊어진다. 완만하게 굽이가 진 모래톱과 자갈길을 따라 올라가면 멀리 산기슭 아래로 또다른 마을이 바라보이고 그 앞에는 옷갓마을과는 달리 규모가 큰 강이 흐르고 있었다. 그 강가에 노인네를 기다리고 있는 사람들이 있었다. 물고기를 잡아놓고 노인네가 나타나기를 기다리는 사람들이었다.

노인네는 그들에게 약소한 대가를 지불하고 고기를 받아 다시 옷갓마을 대밭골로 내려와 자신이 지키고 있는 늪에 고기를 풀어주었다. 일주일에 한 번 혹은 열흘에 한 번씩 고기들을 보충해줌으로써 물속 여기저기에 많은 고기들을 가두어둘 수 있었다. 남의 속도 짐작 못하고 있는 이장이 입도 뻥긋 않고 뜸만 들이고 있는 대규씨에게 한번 더 채근을 하였다.

"형님 한말씀하세요. 왜 가만계십니까."

"노인네 말씀은 맞는 말이야. 그만치 잡아냈다면 이제는 삼갈 때도 됐어. 무턱대고 잡아내기만을 일삼다보면 고기도 씨가 마를 것이고, 용왕님도 기분이 좋지 않을 거야."

사람들이 대규씨를 멍멍하니 바라보았다. 그의 입에서 그런 말이 쏟아질 줄은 몰랐기 때문이다. 혹 떼려다가 혹 붙인 꼴이 되어버린 것이었다. 복길씨 일행이 떨치고 일어서는 대규씨의 두루마기 자락을 붙잡고 늘어지며 우는소리를 하였다. 두루마기 실밥 터지는 소리가 우두둑하였다.

"형님, 어디 가십니까."

"집에 가지 내가 어딜 가겠나."

"할배 일을 해결하고 가십시오."

"아우님이 해결 못한 일을 내가 어찌 해결할 수 있겠나."

"마을 어르신들 말씀이 지순이란 아이를 움직일 수 있는 사람은 이 마을에서 형님뿐이라 하지 않습니까."

대규씨는 만류에도 불구하고 문밖으로 나가버렸다. 노인네를 붙잡아두려는 일이 다급하다 할지라도 지순에게 자신을 덧씌우려는 문중 젊은이들의 속내를 감당하기 불쾌했지만, 대놓고 내색은 않았다. 문밖으로 휑하니 나가버리는 대규의 등뒤에 대고 방에 있던 사람들은 이구동성으로 대규씨를 헐뜯기 시작했다.

"아니, 장손이라는 분이 마을이 잘살아가자는 일인데 도무지

협조가 안 되네."

"원래 그런 사람이야. 남의 실패를 보고 웃기나 하는 사람이지. 앞장서서 마을 일을 솔선수범하는 걸 지금까지 한 번도 본적이 없었잖아. 마누라는 사채놀음이나 하도록 두고 자기는 뒷짐지고 산책이나 하면서 무위도식으로 세월을 보내며 살아가는 하찮은 인간 아닌가. 유일한 취미는 지순이란 계집애가 갖다 바치는 만두 접시나 비우는 게지."

"혹시 그 아이와 못된 일을 벌이지나 않을까?"

"쉿, 그런 소리 함부로 하는 게 아니야. 증거도 없잖아."

"그 아이한테 슬쩍 물어볼까?"

"곧이곧대로 실토정을 할까."

"그야 잘 달래보면 실토정을 할 테지."

"함부로 대들었다간 큰코다쳐. 그 아이 시골 계집애치곤 보통 영악한 애가 아니더군."

"장손에겐 그 아이가 손주뻘 아닌가. 갸륵해서 친절하게 상대해주는 수준일 테지."

"그 친절이란 게 저지른 일이 두려워 계집애 입이나 틀어막겠다는 수작일 거야."

"그런 소리 함부로 하는 게 아닐세. 장손이 그 아이 입 틀어막는 것 봤어?"

"증거도 없이 너무 헐뜯지 말어들. 태조대왕 모신 영당 담벼락에 기대앉아 해바라기로 소일하는 무골호인 아닌가."

"너 나 할 것 없이 두 눈이 시뻘게서 돌아가는 지금 세상에 무골호인 같은 소리 하고 있네. 그런 사람이 정말 있다면 박물관에나 가야 찾아볼 수 있겠지."

"뭐니뭐니해도 장손입니다. 쥐구멍으로 소 몰아가기지, 그러시면 안 됩니다. 회장님이 그 아이가 만두 접시 갖다드리면 용돈이나 손에 쥐여 보내는 수준일 텐데 그걸 성추행으로 부풀리면 안 되지요."

"그게 예를 숭상한다는 도덕군자들이 입 틀어막겠다고 수시로 저지르는 수작 아닌가."

"그런 소리 함부로 하는 게 아냐. 장손이 계집애 입 틀어막는 걸 직접 봤어?"

"안 봐도 뻔하지."

이구동성으로 관대규씨를 폄훼하고 허물하는 분위기를 바라보자니, 지난번 산 좋고 물 좋은 강원도로 여행갔을 적에 문중 사람들이 장손에게 보여주었던 예를 숭상하고 아래위를 엄중하게 가리던 태도들과는 전혀 다른 모습이었다.

7

대밭골이라는 옷갓마을의 옛 이름이 말해주듯이, 마을에서 제방을 넘어와 모래톱을 지나고 개울을 가로지른 섶다리를 건너면 밤낮으로 바람소리를 가슴에 품고 서럽게 울어대는 대숲의 왼쪽 끝머리에 당도한다. 이 울창한 대숲은 마을 앞을 지나는 한길의 길턱을 따라 오른편으로 오십 미터 정도 이어진다. 이 대숲이 시작되는 지점에 슬레이트로 지붕을 얹은 집 한 채가 야트막하게 앉아 있었다.

이 허술한 집 추녀 끝에는 만사성萬事成이라고 적힌 조그만 간판이 걸려 있었다. 바람이 부는 날이면, 검게 페인트칠한 판자에 붉은 글씨로 쓴 만사성 간판이 비바람에 시달림을 받아 곧장 날아가버리거나 떨어질 것 같은데도 애써 매달려 있었다.

이 만사성이 바로 산둥성 출신의 경관우가 요리사로 일하는 만둣집이었다. 경관우의 아내는 키꼴이 유난히 작아 사람들이 얕잡아 보기 예사인 옹심이라는 여자였다. 그녀는 늪에서 고기를 잡는 관태석이란 노인네의 딸이면서 지순이의 어머니기도 했다. 옹심이는 경관우와 인연 맺기 전 십삼 년 동안이나 장여사 집을 드나들며 부엌살이를 거들었다. 그러다가 산둥성에서 흘러들어 여기저기로 떠돌던 경관우와 맺어지더니, 어느덧 대숲 옆에 만둣집을 열었다. 그런데 열두 살이나 손위인 경관우와 어떻게 만나서 혼인하게 되었고, 옷갓마을에 정착하게 되었는지 내막을 속속들이 꿰고 있는 사람은 없었다. 노인네를 비롯해서 지순이까지 사람들의 관심 밖에서 살아왔기 때문에 그녀의 혼인 역시 마을 사람들의 주목을 받지 못한 탓이었다. 어릴 때부터 장여사 집에서 부엌살이를 하다가 떠돌이 중국인을 만나 혼례도 치르지 않고 붙어사는가보다 했다.

옹심이가 가지고 있는 치명적인 모멸감은 바로 혼례를 치르지 않았다는 것이었다. 생각을 고쳐 가진다면 별것도 아닌 그것이 가슴속에 큰 상처로 남아 있었다. 혼인신고도 하지 않았기 때문에 지순이 역시 덩달아 호적이 없었다. 이대로 방치한다면 지순이는 과외의 인생으로 남을 공산이 컸다. 중국인 경관우씨도 옹심이를 꿰찬 이후부터 떠돌이 생활을 청산하고 옷갓마을에 눌러앉았다.

경관우씨는 소년 시절부터 한국에서 살아온 내력 때문에 중국

말보다 한국말에 더 능통하다는 평판을 들었다. 하지만 명절이 되면 한밤중에 자다 말고 느닷없이 일어나 울음소리를 펑펑 쏟아 냈다. 한밤중에 느닷없이 황소가 우는 것처럼 터져나오는 울음소리에 어마지두 놀라 벌떡 일어난 옹심이가 남편의 귀싸대기를 본때 있게 서너 번 가격하고 나서야 울음소리를 그치곤 하였다.

그는 외톨이였기 때문에 산둥성으로 돌아가봐야 와락 반겨줄 혈육이나 친척도 없었다. 그런 처지라는 것을 옹심이만 알고 있었기 때문에 울고 있는 그를 안심하고 구타할 수 있는 것이었다. 만약 그의 고향에 혈육이라도 몇 점 존재하고 있었다면 옹심이가 그토록 방자하게 굴지는 못했을 것이다. 희한한 것은 그렇게 수치스럽고 모욕적인 푸대접을 받으면서도 관우씨는 흡사 창자를 토해내듯 서러운 통곡을 뚝 그치고 맞은 뺨을 쓱쓱 쓰다듬으며 다시 자리에 누워 코를 골며 잠들었다. 천성이 심약했던 그는 항상 무언가에 겁에 질려 살아온 사람이었기 때문에 아내의 굴욕적인 괄시나 앙탈 따위는 얼마든지 감내할 수 있었다. 때때로 옹심이가 묻곤 했다.

"이봐 당신, 산둥성 집으로 다니러 갈 거야?"

"아니. 내가 언제 간다고 했어? 입도 뻥긋한 적 없는데."

"그럼 명절 때마다 자다 말고 일어나 무슨 지랄로 울어? 어린 시절에 떠난 산둥성 귀신이 아직도 떠나지 않고 붙어다니나?"

"나도 모르게 가슴속에서 뭔가 북받쳐올라서 그래."

“북받치는 거 좋아하네. 니가 뭔데 북받친다고 발광을 떨어? 다음에 또 그 지랄하면 부지깽이로 똥구멍을 칵 쑤셔놓을 거야.”

“제발 할배처럼 쌍욕 좀 그만해. 옹심이는 할배도 아니면서 입이 왜 그렇게 걸어?”

“밤중에 자다 말고 느닷없이 일어나 우물에 빠진 귀신처럼 울어대니까 그렇지.”

“울지 않을 테니 제발 그만 자자.”

“울지 않겠다고 맹세한 게 벌써 몇 번째야.”

옹심이는 옷갓마을 누구에게나 공손하고 친절한 참한 여자였다. 원래 그녀의 이름은 옥심이었으나 사람들이 발음하기 좋은 대로 옹심이라 불렀다. 처녀 시절에도 그랬지만, 지순이를 낳아 기르는 지금까지도 온순하고 예절바른 여자로서 면목을 지켜왔다. 그러나 유일하게 남편 경관우씨에게는 걸핏하면 욕설을 퍼붓고 표독스럽게 굴었다. 그런 행패가 어디서 비롯되는지 알 수 없었다. 그러나 아내로부터 그때마다 곱다시 당하고 설설 기는 시늉을 하는 관우씨는 그 이유를 어렴풋이 짐작하고 있었다. 첫째, 그는 아내 옹심이로부터 쫓겨나면 서발 막대를 휘둘러도 갈 곳 없는 사고무친이었다. 두번째는 옹심이와 처음 신체 접촉을 시도했을 때, 그녀는 호락호락하게 곁을 주려 하지 않았다. 그런 여자를 막무가내로 덮쳐서 옷을 벗기고 욕심을 채웠다. 그것은 옹심이에게는 첫번째 경험이었고, 돌이켜보면 엄청난 범죄였다. 그런데 어떤 셈인지 옹심이는 그를 고발하지 않았다. 소문조차 내지 않았다. 만약 그때 고발했다면 그는 감옥살이를 감내해야 했을 것이었다. 지금도 그때를 생각하면 가슴이 뜨끔하고 뒤통수가 뜨거워졌다. 아찔했다. 그리고 세번째, 그녀가 한번 성깔을 부렸다 하면 한 달이고 두 달이고 상관없이 그와 잠자리를 하려 들지 않았다. 그것은 떠돌이 생활을 하고 있는 관우씨가 목숨을 걸어도 벗어던질 수 없는 멍에였고 운명 같은 것이었다. 그런 것들을 한데 모아서 골똘하게 생각하다보면 하룻밤에 몇 번씩이라도 벌떡 일어나 통곡을 내쏟고 싶었다. 그러나 열두 살이나 손아래인 아내에게서 뺨 맞을 것을 생각하면, 어마뜨거라 싶어 터져나오려는 울음을 손으로 틀어막곤 하였다. 소리 없는 눈물만 두 볼을 타고 흘렀다.

그런데 옹심이가 처음 훼절당하고 말았던 영당 담벼락 안에서 허겁지겁 속옷을 벗기는 관우를 끝까지 뿌리치지 못한 연유도 있었다. 혼자의 앙탈로도 경관우 따위의 완력쯤은 한사코 맞설 자신이 있었다. 그런데 하반신만 몇 번 이리저리 비틀어 앙탈하는 시늉만 했을 뿐이었다. 끝끝내 괴춤을 움켜쥐고 발버둥을 쳤다간 새로 사 입은 속옷 한 벌을 순식간에 똥걸레로 만들어놓을 것 같다는 생각이 전광석화처럼 그녀의 뒤통수를 쳤다. 남들이 들으면 하품 날 일인지 모르겠지만, 그 당시의 옹심이에겐 어쩐 셈인지 새로 사 입은 옷이 지켜야 할 정조보다 우선적으로 절실하게 느껴졌다. 남자들이란 순간적으로 흥분하면 늑대가 되고 눈에 보이는 것이 없다는 것을 옹심이는 짐작하고 있었다. 그에게 끝내 저항하지 못하고 몸을 허락할 수밖에 없었던 이유는 허무한 얘기지만 그것이 전부였다. 가난에 찌들어 살았던 그때의 옹심이는 옛날부터 가지고 있었던 정조보다, 새로 사 입은 옷 한 벌을 온전한 상태로 지켜내야 한다고 생각했다. 억지스러워 보이고 선뜻 이해도 되지 않겠지만, 살다보면 그런 일도 있는 것이었다. 그러나 옹심이는 비바람이 거세게 불고 소낙비 퍼붓는 날에는 남편 경관우씨를 문밖으로 내보내려 하지 않았다. 처음에 의아했던 관우씨가 물었다.

"왜 그래? 얼굴이 하얗게 질려서?"

"하얗고 검고 지랄이고, 당신 문밖으로 나가지 마."

"글쎄 갑자기 왜 그러냐구."

"당신 오늘 같은 날 밖에 나가면 안 돼."

"엉뚱한 얘기를 하는구만."

"당신은 지은 죄가 있어 날벼락 맞기 딱이야."

"무슨 죄?"

"십 년 전에 광덕산에서 날 덮친 죄를 벌써 잊었어?"

"그놈의 죄는 아직도 죽지 않고 목숨이 붙어 있나?"

"이봐, 내 말 잘 들어봐. 당신 벼락 맞아 죽고 나면 나는 어차피 지순이 데리고 다른 남편 수소문해서 같이 붙어살아야 할 것 아니냐구. 그런데 오갈 데 없는 중국 사내하고 붙어살던 똥걸레 같은 년을 어느 미친놈이 데리고 살려고 하겠어. 어디 그것뿐인가? 저 애물단지 지순이까지 곁에 붙어 있잖아."

"중국 사내가 어때서? 내가 병신인가?"

"그건 나도 몰라. 하여튼 그럴 것이 틀림없어."

"떠돌이 신세라지만 중국 사람 그렇게 깔보는 거 아냐. 알고 보면 본토에 가면 대접받고 살아."

"대접이구 나발이구 시끄러우니까 주둥이 닥쳐. 니가 날 덮쳐서 이 꼴 만들어놓았잖아."

"네 꼴이 어때서 그런 말을 해? 아버지 닮아서 입에 똥걸레를 물고 다니는구만."

"너 맞아볼래? 불쌍한 우리 아버지 똥구멍 들추고 나올래?"

"그만둬, 미안해."

경관우씨는 흙터가 여럿인 손은 투박하고 얼굴은 구릿빛으로 검붉어서 퍽 좋은 인상이 아니었다. 그러나 주먹을 부르쥐고 시비를 거는 사람을 만나도 순박하게 웃었다. 그리고 아내의 만류대로 천둥소리 들리는 날은 절대로 문밖으로 나가지 않았다. 뿐만 아니었다. 어떤 일을 하다가도 손해를 보았다 해서 불평을 늘어놓는 법이 없었고, 이웃 간에도 의를 상하지 않으려고 혼자 애쓰고 노력했다. 마을의 본데없는 청년들로부터 짱꼴라라는 말로 얕잡아 조롱을 들어도 못 들은 척 고개를 돌려버리고 말았다.

그는 처음 만두 가게를 열고 간판도 없이 영업을 하다가 어느 날 대규씨를 찾아가 작명을 해달라고 부탁했다. 대규씨는 간청에 못 이겨 만사성이라고 작명해주었다. 옹심이네가 십삼 년 동안이나 집에 드나들면서 헌신적인 품앗이를 해준 정리를 매정하게 뿌리칠 수 없었기 때문이다. 간판까지 몸소 달아주고 돌아오는데, 옹심이가 소매를 잡고 늘어졌다.

"회장님, 이 은혜를 어찌 갚아야 할지 모르겠습니다."

"그깟 일 가지고 은혜는 무슨. 그런 생각 말고 만두나 잘 빚어 성공하기를 바라네. 그래서 만사가 뜻대로 이루어지기를 바란다네."

만사성의 군만두는 삽시간에 소문이 파다해졌다. 만두의 한쪽 면은 노릇하게 구워져서 만지면 곧잘 부서질 것 같지만, 다른 한 면은 손가락으로 누르면 금방 뚫어질 것처럼 보드라웠다. 한입 베어물면 입안으로 따끈한 육즙이 가득차고 고소한 돼지고기 향내가 부추와 어우러져 입안 가득 군침이 돌았다. 한쪽의 바삭함과 다른 쪽의 부드러운 식감이 어우러져 사람을 행복하게 만들어서 한 개가 목젖 아래로 내려가기도 전에 또다른 한 개를 집어들게 만들었다. 잘게 다진 당면에 파와 후추와 약간의 소금을 넣어 갈아 버무린 소를 만두피에 넣고 일일이 접는 일은 옹심이 차지였다. 만두피는 광덕산에서 채취한 고사리 뿌리를 절구로 빻아서 삶아 말린 다음 가루로 만들어 밀가루와 섞어 반죽을 만들었다.

그리고 그 만두를 절절 끓는 기름 솥에 넣고 온전히 익을 때까지 쉬지 않고 채로 휘저어내는 일은 남편 경관우의 차지였다. 처음에는 약한 불로 튀기다가 나중에는 강한 불로 맛을 냈다. 기름을 휘저을 때 만두를 쉬지 않고 계속 뒤집어줘야 만두 본래의 담백한 맛을 얻어낼 수 있기 때문에 경관우씨는 하루종일 땀 속에서 살았다.

고사리만두는 옹심이가 궁리한 음식이었는데, 약용으로도 효험이 있을 뿐만 아니라, 반죽에 찰기가 있어서 입안에 착착 감기는 맛이 일품이었다. 광덕산 고사리는 그 진가가 먼 읍내에도 소문이 나 있었는데, 웃갓마을 아낙네들은 이 고사리를 채취해서 읍내 장에까지 가져갈 것도 없이 만사성에 갖다주면 시장 시세로 거두어주었다.

그러나 읍내와 멀리 떨어져 있고, 마을을 찾아오는 여행자들도 많지 않았기 때문에 만사성의 경기는 성황을 이루는 편이 아니었다. 하지만 이 만두가 사람들의 시선을 끌기 시작한 동기가 있었다. 바로 교자집 앞에서부터 시작되는 섶다리와 그 위를 하루에도 몇 번씩 깡충깡충 오가는 지순이 때문이었다.

그 다리는 가로질러둔 서까래 아래로 흐르는 여울이 빤히 내려다보였기 때문에 아녀자들은 건너다니기가 거북했다. 간담이 있는 남정네들이나 건너는 다리였다. 그러나 적어도 하루에 대여섯 번씩은 다리를 왕복했던 지순이는 오래 단련을 해온 나머지 비교적 수월하게 섶다리를 건너다녔다. 그 나이 또래는 지순이 혼자서만 가능한 일이었다. 그것도 한 손에 접시를 들고 재빨리 걸음을 옮겨 다녔으므로 사람들의 구경거리가 되기에 충분했다. 지순이가 만둣집을 나와 다리를 날아갈 듯이 단숨에 건너 마을 속으로 사라지는 모습은 마치 곡예를 보는 듯한 긴장감을 자아냈다.

마을에선 어느 누구도 지순의 속도를 흉내낼 수 없었다. 그 속도감은 보는 사람으로 하여금 혀를 내두를 정도였다. 그러나 당사자는 자신이 남이 흉내낼 수 없는 속도로 대수롭지 않게 다리를 건너다니는 기량을 가지고 있다는 사실을 깨닫지 못했다. 다만 어머니 옹심이의 심부름을 앙탈부리지 않고 하고 있을 뿐이었다.

마을 사람들은 아이가 손에 받쳐든 쟁반에 무엇이 들어 있는지 알고 있었으나, 마을을 처음 방문한 여행자들은 그 쟁반에 무엇이 담겨 있는지, 그 아이가 어떻게 날아가는 새처럼 다리를 왕복할 수 있게 되었는지 알지 못했다. 그래서 더욱 아이의 정체가 궁금한 것이었다.

만사성 만두가 읍내 사람들이나 여행자들 사이에서 유명해진 데에는 그처럼 엉뚱한 사연이 있던 셈이었다. 그러나 지순의 아비는 섶다리를 건너다니는 딸 지순이를 조마조마한 마음으로 지켜보았다.

그는 옷갓마을로 흘러들기 전 먼 도회의 공사 현장에서 일했다. 그러던 중 건물 삼층 난간에 어설프게 설치한 비계를 밟고 사층으로 오르려다가 순간적으로 발을 헛디뎌 아래로 굴러떨어졌다. 다행히 목숨은 건졌으나 그 이후부터 발밑이 훤하게 내려다보이는 엉성한 비계에 대한 트라우마가 자리잡았다. 그가 그런대로 돈벌이가 쏠쏠했던 공사장을 떠나 떠돌이 생활로 접어든 이유가 그것이었다.

시골의 버려진 빈집을 고쳐 살게 된 것도 도시의 공사장에서 얻은 경험 덕분이었다. 어쨌든 자신에겐 운명과도 같았던 그 허술한 서까래 위를 지순이가 하루에 두세 번씩 걸어서 왕복하고 있는 것을 볼 때마다 가슴속에서 쿵쿵 소리가 나도록 조마조마했다. 그래서 대규씨에게 은혜 갚음은 다른 방법으로 하더라도 매일 만두 배달하는 일은 멈추자고 아내 옹심이를 간곡하게 설득했다. 그러나 옹심이는 그때마다 두 눈을 치뜨고 면박을 주곤 했다. 흥분한 옹심이가 말했다.

"그렇게 못마땅하거든 갖다드리는 만두에 비상이라도 넣지그래."

"무슨 소리를 그렇게 해. 그런 말 하면 못써."

"뭐가 못써, 내가 네 속내를 모를 줄 알아? 훤하게 꿰고 있어."

"농담이라도 그런 말 하면 안 돼. 어린 당신을 슬하에 거두어 준 분들인데 비상을 넣다니, 그런 말 하면 날벼락 맞는다구."

"날벼락 같은 소리 하고 있네. 너나 벼락 맞지 말어."

"난 벼락 맞고 싶어도 못 맞어."

"왜? 벼락귀신을 피해 가는 방도라도 있나?"

"벼락귀신이 나한테는 얼씬도 못하도록 옹심이가 가로막아주면서 무슨 엉뚱한 소리야?"

탐탁잖아 하는 경관우씨의 만류를 무릅쓰고 지순이는 비가 오나 눈이 오나 하루도 거르는 법이 없이 만두 접시를 들고 대규씨 집을 방문했다.

지순이는 마당에서 장여사와 마주쳐도 잽싸게 고개를 돌려버렸다. 그것은 장여사도 마찬가지였다. 지순이는 수인사도 나누지 않고, 건넌방으로 들어갔다. 그리고 대규씨가 있거나 없거나 상관하지 않고 만두 접시를 건넌방에 내려놓고 나가버렸다. 그 태도가 매우 당돌했다. 장여사와의 사이가 그토록 악화된 것은 장여사가 처음부터 지순의 방문을 달갑게 여기지 않았기 때문이다. 처음에는 몇 마디 대화가 오간 일도 있었다. 고개만 까딱하는 지순이를 향해 장여사가 차가운 목소리로 물었다.

"너 또 왔냐?"

지순이의 대답이 걸작이었다.

"또 오면 안 돼요? 왜 왔는지 보면 모르세요?"

"옹심이더러 오라지, 네가 왜 왔냐."

"옹심이 바빠요."

"옹심이가 누군데?"

"누군 누구겠어요, 우리 엄마지."

"네 엄마 이름을 똥개 이름 부르듯 하는구나."

"그런 말 마세요. 우리 엄마 똥개 아니에요."

"버릇없단 얘기지 누가 너네 엄마 똥개라 했나?"

"방금 똥개라고 짖어댔잖아요, 내가 귀먹은 줄 아세요?"

"이젠 맛도 없는 만두 그만 들고 다녀라."

"맛이 있는지 없는지 먹어보지도 않았잖아요."

"먹어봤더니, 니 맛도 내 맛도 없더라. 중국놈 솜씨라는 게 다 그 모양이지, 별거 있겠냐. 이젠 너도 꼴 보기 싫다."

"꼴 보기 싫으면 보지 마세요."

"요년 말대답하는 거 봐라. 내가 누군지나 알고 주둥이를 함부로 나불대느냐."

"모르긴요. 이 댁에서 살고 있는 도깨비 할망구라던데요."

"할망구라고? 누가 그러더냐. 옹심이가 그러더냐?"

"동네 사람들이 모두 그러던데요."

"요년이 입술에 침도 안 바르고 거짓말하네. 동네 사람 누구?"

"알면 뭣하게요? 하도 여러 사람이어서 누구라고 말은 못 해요."

"요년이 끝내 주둥이 나불대는 것 봐라. 썩 나가거라 요년."

불과 열 살배기 계집애라지만 가파른 눈길로 똑바로 쳐다볼 때는 장여사도 가슴이 서늘했다. 그러면 어른 아이 할 것 없이 모두가 눈 가장자리에 눈물자국이 배어났다. 지순이는 금방 울음소리를 쏟아낼 것처럼 입술을 비쭉이고 있었다. 더이상 언쟁을 벌였다간 마당에서 넉장거리라도 할 것 같아 장여사는 입을 다물어버렸다. 세상이 변해도 이토록 악랄하게 변하고 있다는 것에 울컥했다. 그러나 아이가 쳐다보는 앞에서 울음소리를 쏟아낼 수는 없었다. 장여사는 입술을 깨물었다. 아이의 어미란 여자는 이 집에서 부엌일을 보던 여자가 아닌가. 그렇다고 어린아이에게 그런 속내까지 뒤집어보일 수는 없었다. 그래서 가슴속이 먹먹했다. 아랫배 저쪽 아래로부터 걷잡을 수 없는 분노가 치밀어올랐으나 어쩔 수 없었다. 어린 계집애가 제 어미의 상전이었던 사람을 조롱하고 겁박하는 세상이 되었다고 생각하니 그야말로 분통이 터졌다.

모든 수치가 건넌방에서 칩거하고 있는 남편으로부터 비롯되었다는 것을 생각하니 더 치가 떨렸다. 어째서 계집애가 갖다주는 만두 접시를 보기 좋게 내치지 않고 꼬박꼬박 받아먹고 있는 것인지 그 속내를 알 수 없었다. 만에 하나 계집애의 어미인 옹심이와의 사이에 정분이라도 있는 것은 아닐까. 아니면 어린 계집애를 데리고 놀기라도 하고 있는 것은 아닐까. 워낙 말이 없고 음흉한 사람이어서 그 속내를 명쾌하게 알아낼 방법이 없었다. 설마 싶지만, 설마가 사람 잡는다는 얘기도 있지 않은가. 각방자리하고 부부생활을 멈춘 지 이십 년이 가까우니 그런 비열하고 창피한 짓을 저지를 수도 있지 않을까 싶었다.

부엌으로 달려가 식칼이라도 들고 나와 목덜미에 대고 다짐을 받아야겠다고 생각했다. 그러나 그런 감정이 북받쳐올라 실행에 옮겨야겠다고 생각하는 그 순간마다 이상하게 대규씨는 광덕산 둘레길에 산책 나가고 방에 없었다. 설령 집에 있다고 해도 아내의 넋두리를 받아주기는커녕 멸시나 할 것이 뻔했다. 식칼보다 빠른 총기를 목에 들이댄다 할지라도 오히려 혀를 차거나 콧방귀나 뀌면서 네가 알아서 하라는 면박만 돌아올 것이 뻔했다. 인간이 그 모양이었다.

지금까지 살아올 동안 한 번도 아내의 속내를 헤아려 쓰다듬어 위로해준 적이 없었다. 그 위인의 머릿속은 오직 광덕산 중턱에 자리잡은 영당의 영정으로만 채워져 있었다. 한마디로 아주 더러운 위인이었다.

그렇기 때문에 이십 년이 넘도록 각방자리 하고 지내도 한 번도 아쉬워했던 적이 없었다. 살을 맞대고 싶지 않았다. 그렇다고 해서 이런 수모를 끝끝내 끌고 갈 수는 없었다. 그래서 그녀가 속내로 가장 믿고 의지하는 복길씨를 불러서 계집애의 출입을 차단시켜달라고 하소연했다. 그것이 홍수로 말미암아 섶다리가 유실되어 흔적도 없이 사라진 며칠 뒤의 일이었다. 복길씨가 말했다.

"형수님, 걱정도 팔자네요. 섶다리가 떠내려가고 없는 마당에 무슨 걱정입니까."

"다리가 떠내려갔다고 그 계집애가 출입을 그만둘까요. 옹심이란 년도 만두 접시 나르는 일을 그만두지 않을 텐데?"

"그렇다 하더라도 상류 쪽으로 올라가서 거룻배를 타야 하는데 그게 쉽지 않을 거예요."

"아닙니다. 그 계집애나 옹심이 년은 바퀴벌레 같은 것들입니다."

"바퀴벌레요? 그럼 더 좋지요. 그냥 밟아서 짓뭉게버리죠."

"농담하지 마세요. 난 속이 타들어갑니다. 만두 접시뿐만 아닙니다. 만에 하나 남편이란 작자와 계집애 사이에 추잡스러운 소문이라도 난다면 그땐 걷잡을 수 없잖아요. 철없는 아이가 나한테 막말하고 대드는 꼴을 보면 남편이 그 계집애를 데리고 몹쓸 짓이라도 하고 있나 하는 생각이 들어요."

"형수님 그런 말씀 마세요. 형님이 타락한 분이라 할지라도 어린 계집애를 데리고 추잡한 일을 벌일까요. 가당찮은 얘기예요."

"아닙니다. 그러지 않고서야 불과 열 살짜리 철부지가 나한테 대드는 꼴이 심상치가 않아요. 남편이 걔한테 함부로 했기 때문에 나오는 버르장머리 아니겠습니까."

"형수님 넘겨짚지 마세요. 형님이 그렇게 더러운 인간은 아닙니다. 형수님도 아시잖아요. 행여 소문이라도 잘못 나면 그때는 끝장이라는 것을 형님인들 모르겠습니까."

"부끄러운 일입니다만, 우리 부부가 각방자리 하고 지낸 지가 이십 년이 돼간답니다."

"형님이 호색한도 아니고 도덕군자라는 것은 읍내까지 소문이 자자하지 않습니까. 평소에 육체적으로 느끼는 쾌락과는 결연하게 인연을 끊고 살지 않았습니까. 그뿐만 아닙니다. 제가 시간마다 울어주는 뻐꾹새 시계처럼 형님 곁을 지키며 확인하고 있지 않습니까."

"겉으로는 도덕군자인 척하고 속으로는 호박씨 까는 놈들이 얼마나 많은데요. 게다가 마땅히 하는 일이 없으니 더러운 짓이나 하겠지요."

"하는 일이 없다니요. 어엿한 옷갓마을 번영회 회장이십니다. 눈코 뜰 사이 없이 동분서주하는 분을 두고 그런 누명 씌우면 안 됩니다."

"아니긴요, 아니 때린 장구에 북소리 나겠습니까. 지난번 여행 때도 길거리에서 노는 여자를 방으로 불러들였다는 소문이 돌고 있지 않습니까."

"형수님, 이제 보니 억측이 심하시네요. 그 모두가 남 말하기 좋아하는 호사가들의 입방정입니다. 잊어버리세요. 세상사 모두가 의심하기 시작하면 끝이 없고, 잊어버리기로 하면 또 아무것도 아닌 거예요. 형수님 그거 아세요? 마음 편안하게 가지려면 마음에 거치적거리는 세상사를 잊어버리는 일뿐입니다."

물론 대규씨와 지순이 사이에는 그런 추잡한 일이 벌어지지 않았다. 말도 안 되는 수작이었다. 지순이가 장여사는 까닭 없이 얕보거나 당돌하게 대했으나 대규씨에겐 나름대로 깍듯이 굴었다. 절대로 대들지 않았다. 나름대로 어른 대접을 해야 한다고 생각하고 있었기 때문이다. 장여사가 자신의 출입을 매우 언짢게 생각하고 난 뒤부터 지순이는 그 집 대문을 들어서기 전에 길고양이처럼 집안의 분위기부터 살피는 버릇이 생겼다. 그리고 장여사의 기척이 없어야 대문 안으로 들어섰다.

지순이는 발걸음소리를 죽여가며 집 뒤꼍으로 돌아서 대규씨 방으로 다가갔다. 그리고는 뒤쪽으로 난 미닫이문을 열고 만두 접시를 방으로 디밀었다. 방에 앉아 혼자 바둑 복기를 하고 있는 대규씨를 발견한 지순이는 돌아서다 말고 다시 문 앞으로 다가왔다. 그리고 조약돌같이 작고 동그란 두 눈을 똑바로 뜨고 물었다.

"아저씨는 뭐하는 사람이에요?"

옷갓마을에서 관대규씨를 가리켜 아저씨라고 거침없이 부르는 사람은 지순이뿐이었다. 아저씨라고 부르든 회장님이라고 부르든 직업이 뭐냐고 물었던 것은, 대규씨가 언제 보아도 뚜렷한 직업 없이 집안에만 틀어박혀 빈둥거리고 있었기 때문이다. 그것이 지순이에겐 신기하게 보였다. 옷갓마을에 거주하는 대다수의 사람들은 해떠서 해질 때까지 일거리를 손에서 놓는 법이 없었고, 설령 할일이 없다 해도 손에 낫이나 괭이를 들고 마을을 다니든지 계속 움직였다. 그런데 대규씨는 늪에 빠진 사람처럼 방안에서만 맴돌며 허우적거렸다. 그것도 달팽이처럼 천천히. 대규씨도 자신이 칩거하는 처지를 잘 알고 있는 듯했다. 그래서 거침없이 대답했다.

"나? 놀고먹는 사람이다."

지순이가 기다렸다는 듯이 냉큼 되받았다.

"놀면서도 밥이 입에 들어가요?"

"누가 그런 얘기를 했지?"

"아빠가요."

대규씨 역시 밀리지 않았다.

"그래서 나는 만두만 먹는다."

"식충이가 뭐예요?"

"마땅히 하는 일 없이 밥만 축내는 사람을 그렇게 부른다."

"누가 아저씨는 식충이라고 하던데요?"

"네 아버지가 그러더냐?"

"예."

"그런 말 듣게 되었다."

"이 집 할망구는 밥할 줄 몰라요?"

지순이가 아내를 지칭하여 할망구라고 막 부르는 것에 대규씨는 야릇한 쾌감을 느꼈다.

"네가 매일 갖다주는 만두가 있는데 밥은 해서 뭘 하나."

"우리 아부지는 만두 장사를 하는데도 밥만 먹던데요?"

"너네 아버지는 만두에 질린 거지."

"우리 엄마가 만두 속에 비상을 넣으라 하던데 비상이 뭐예요?"

"만두 속에 비상 넣으란 말은 농담으로 한 말이겠지."

"농담이 뭐예요?"

"허튼수작이라고 그런 말이 있다."

"아저씨는 집안서도 두루마기 입고 사세요?"

"왜, 보기 싫으냐?"

"그거 읍내 갈 때만 입는 옷 아니에요?"

"나는 집에서도 입는다. 언제 손님들이 방문할지 모르니까. 먼저 차려입고 앉아 있는 거지."

"만두만 먹고 사는 사람은 우리 동네에서 아저씨 혼자뿐이에요?"

"읍내나 도회에 나가면 또 있겠지. 왜, 이젠 만두 접시 나르기 싫으냐?"

"아니에요."

"싫은 기색이 역력한데 그러냐."

"아저씨가 싫다 해도 멈출 수가 없어요. 사람들이 내가 섶다리 건너는 재주를 보고 싶어하거든요. 그래야 우리 마을에 구경꾼들이 모여든다네요."

지순이가 무슨 생각이 들었는지 엉뚱한 질문을 던졌다.

"아저씨, 나 예뻐요?"

"예쁜 척하지 마라, 넌 가만있어도 예쁘니까."

"아저씨 밤에 잘 때 코 골아요?"

"아니."

"우리 아빠는 자다가 울어요."

"중국에서 한국으로 피난왔기 때문에 고향이 그리워서 우는 거다."

"피난이 뭐예요?"

"난리를 피해서 도망다니는 거지."

"중국에 난리 났어요?"

"그렇다고 봐야지."

두 사람의 대화는 오랜 시간 이어지지 못했다. 대개는 안방 쪽에서 장여사의 인기척이 들려왔기 때문이었다. 인기척이 들리면 지순이가 잽싸게 알아채고 몸을 감추어버렸다. 그런 숨바꼭질이 오랫동안 계속되었으나 지순이가 만두 나르기를 멈추는 법은 없었다. 지순이 나름대로 숨바꼭질을 즐기고 있을 뿐만 아니라, 게으름을 피우는 눈치를 보이면 어머니 옹심이의 불호령이 내려졌기 때문이다. 지순이가 다녀가면 대체로 복길씨가 대규씨를 찾아왔다. 그날은 복길씨의 안색이 약간 찌그러져 있었다.

"형님, 좀 심각한 일이 생겼네요."

"또 무슨 심각한 일이 생겼나?"

"지순이와 관련된 일인데요. 마을에 이상한 소문이 돌고 있습니다."

"이상한 소문이라니? 뭔 소문인데?"

"이런 소문은 당사자는 까맣게 모르는 사이에 일파만파로 퍼지게 되지요."

"변죽만 울리지 말고 냉큼 말해보게."

"형님이 매일 만나는 지순이란 계집애를 너무 가까이하는 것 같습니다. 손목도 잡고 그런다면서요."

"그 아이가 무슨 일을 저질렀나?"

"그 아이가 아니라 형님이 추잡한 일을 저지르고 있다는 것입니다. 아이가 철부지인데 무슨 일을 저지르겠습니까."

"내가? 아이를 상대로?"

"요즘 세상에 오십대 남자가 십대 소녀를 몰래 만나고 있다면 어떤 사람이든 수상하게 볼 것 아닙니까."

"몰래 만나다니? 그런 억측이 어디 있나."

"손목은 잡았지만 허벅지는 만지지 않았다, 개소리는 맞지만 내 집 개는 아니다, 멱살은 잡았지만 시비는 아니었다, 매춘부는 맞지만 알고 지내는 남자는 없다. 뭐 그런 얘깁니까?"

"딱 호색한 아니면 엽색꾼으로 내몰리게 되었군."

"그럴 수밖에요. 형님은 뚜렷하게 하는 일이 없지 않습니까."

"무위도식하는 놈팡이란 얘기군."

"곱다시 뒤집어쓰게 되었습니다. 그 아이가 형님 댁을 드나들 때, 형수님을 따돌리고 뒷문으로 몰래 드나들고 있잖아요. 걔가 뭣 때문에 뒷문 출입을 하느냐고 따진다면 형님은 무슨 말로 둘러대실 겁니까. 임신은 했지만 애는 안 가졌다고 항변하실 겁니까? 변명은 한번 시작하면 또다른 변명을 낳게 되고 그러다보면 결국은 거짓말로 망신살이 뻗치고 패가망신하는 거 아니겠습니까. 그런 경우, 형님이 고통받고 있는 꼴을 바라보는 제 마음이 편하겠습니까. 그래서 노발대발하는 형수님을 겨우 달래서 말문을 막아둔 것 아닙니까."

"이상하게 내 주위에 나쁜 사람들이 많은 것 같군."

"순금에다 도금하는 미친놈을 보신 일 있습니까? 필요 없는 일이지 않습니까. 처음부터 정신 똑바로 차리고 대도를 걸었다면 이런 수모를 겪지 않았을 것 아닙니까. 나쁜 사람들을 형벌한다 해서 좋은 사람이 되는 것도 아닙니다. 사람들은 형님이 강원도 길에 저지른 일을 두고 그러면 그렇지 그 버릇 개 줄까, 하지 않겠습니까? 형님이 친 덫에 형님이 걸려든 것이지요. 세상 물정이 통째로 바뀐다 해도 한번 머리에 입력된 일은 컴퓨터처럼 지워버리기 어렵습니다. 그거 아셔야 돼요."

"하지도 않은 일인데 이런 난리가 없네. 내가 얼굴을 들고 나가질 못하겠군, 그렇다고 당장 아이를 집으로 오지 못하게 조치한다면 그것 봐라 하고 곱다시 뒤집어쓸 것 아닌가. 어찌하면 터무니없는 허물에서 벗어날까."

"방법이야 있지요."

"무슨 방법이 또 있을라구?"

"홍수로 떠내려간 섶다리를 외나무다리로 고쳐놓으려 하는데, 그 일에 형님이 희생적으로 협조를 하신다면 나쁜 소문은 사라지겠지요."

"떠내려가고 없는 다리를 수리한다니?"

"그래서 말인데요. 그 다리를 홍수가 나도 유실될 걱정 없는 튼튼한 다리로 바꾸어놓으려면 많은 목재가 필요하겠지요. 형님이 경비 일부를 감당하시는 게 어떻겠습니까. 섶다리로 복구하는 게 아니고 튼튼한 목제 다리를 만드는 것입니다."

"그 다리하고 내 소문하고 무슨 관계가 있지?"

"형님 그거 아직 모르고 계시는구나. 그 아이가 형님을 만나기 위해서가 아니라, 우리 마을을 찾아오는 방문객들에게 곡예를 보여주기 위해서 다리를 건너다닌다는 것을 몇 번만 보여준다면, 형님에 대한 세간의 오해가 단숨에 해소되지 않겠습니까. 세상이 형님을 청빈과 금욕 생활로 일관하는 도덕군자로 알고 있는데, 이 치사한 소문을 그대로 방치한다면 형님은 치명상을 입게 되겠지요. 모두가 형님을 모함에서 건져내자는 일인데 그깟 다리 공사에 돈 몇 푼 보태준다는 것이 대숩니까. 세상에 떠도는 나쁜 소문을 가로막는 데는 돈만한 무기가 또 있겠습니까."

"다리 공사에 드는 돈이 몇 푼 가지고 될 일인가."

"돈 몇 푼이 대숩니까. 세상에 공짜는 없어요. 필요하면 나랏돈도 빼먹을 것입니다. 전통마을 짓겠다고 기획안을 올려보내면 타당성 조사는 시늉만 하고 돈은 금방 내려보내줍니다. 그게 요즘의 대세입니다."

"자네 별명이 개코라더니 돈 나올 곳을 족집게처럼 잘도 찾아내는군."

"내 별명이 개코라고 누가 그럽디까?"

"모두들 그러더군."

"형님 그거 아십니까? 그 별명은 공짜로 얻어낸 것이 아닙니다. 사십 평생 객지에서 고군분투한 끝에 거머쥔 훈장입니다."

"그럴싸한 얘기군."

"형님 별명도 알고 있지만, 충격받으실까 말 못하겠습니다."

"충격받기 싫으니 그만두게."

"그래요. 멍청이나 허수아비란 얘기 듣기 전에 그만둡시다, 형님."

외나무다리 놓기는 그 사례를 찾아볼 수 없을 만큼 성공적으로 진행되었다. 모두 복길씨가 동분서주한 끝에 거둔 성과였다. 가장 눈에 띄는 성과는 설계였다. 섶다리가 놓였을 때는 만사성 앞의 대숲에서 건너편 제방까지 오십 미터에 불과한 일직선 다리였다. 그러나 새로 놓인 외나무다리는 칠십 미터가 넘는 길이에 완만한 S자의 조형미를 갖추게 되었다. 놀라운 성과였다. 판자를 떠받치며 촘촘하게 박혀 있는 X자의 지지대는 땅속 삼 미터 이상으로 깊숙하게 박혀 있어 웬만한 홍수 따위에는 끄떡도 않게 설계되었다. 지구상에 존재하는 외나무다리 중에 S자의 조형미를 갖춘 다리는 한국 옷갓마을에 있는 외나무다리가 유일하다는 소문이 파다했다. 세상 여기저기에서 난리 북새통이 났다. 몰려든 건축학자들은 벌린 입을 다물지 못했다. 아이디어와 혁신 그리고 조형미에서 옷갓마을 대밭 앞을 가로지르는 전통 외나무다리를 능가하는 다리는 존재하지 않았기 때문이다. 어느 누구도 그것이 어쩔 수 없이 뒤틀어지게 지은 다리라고 진단하는 사람은 없었다.

그런데 옷갓마을 사람들만 알고 있는 비밀 한 가지가 있었다. 원래 그들은 대숲에서 맞은편 제방까지 일직선으로 다리를 놓기로 작정하고 공사를 시작했다. 그러나 지하 삼 미터 이상 내려가는 지지대를 박기 시작한 지 며칠 되지 않아 말 못할 난관과 마주치고 말았다.

모래톱 이 미터 아래쯤에 전혀 예상하지 못했던 암반 지대가 있다는 것을 발견했기 때문이다. 할 수 없이 암반 지대를 비켜나서 지지대를 박기 시작했던 것이 다리가 S자로 놓인 결과를 낳았다. 그러나 옷갓마을 사람들은 뒤틀린 다리의 모양새가 두고두고 마음에 걸렸다. 한눈에 봐도 반듯하지 않았기 때문이다.

그런데 건축학자들이 몰려와서 세계 최초라고 입에 침이 마르도록 추켜세우는 바람에 솔직하게 고백하려 했던 저간의 진솔한 내막이 순식간에 목구멍 속으로 들어가버렸다. 뿐만 아니었다. 엎친 데 덮친 격으로 다리를 완공한 지 한 달도 못 되어 '한국의 놀랍고 아름다운 다리'로 선정되어 거액의 포상금까지 받게 되었다.

다리 놓기를 주도한 복길씨의 인물 사진이 방송에는 물론이고 도하의 신문에 그야말로 대문짝만하게 게재되었다. 그 때문에 다리 놓기의 진실은 지하로 파묻혀버렸다. 진실도 불편할 때가 있다더니 바로 그런 경우였다. 한때, 옷갓마을 사람들은 골목길에서 서로 마주치면 누가 먼저랄 것도 없이 서둘러 다문 입술에 손가락을 갖다대고 두 눈을 껌벅이며 한다는 소리가 '쉬쉬'였다.

서로 웃으며 인사 차리고 안부를 주고받던 지난날의 우아하고 예스러운 모습은 씻은 듯이 사라지고 비밀의 문 앞에서 서성이는 마법사 같은 표정을 짓기 시작한 것이었다. 일테면 그 다리 공사는 배가 산으로 올라간 것인데 산으로 간 배가 놀랍게도 노를 젓기 시작한 것이었다.

폭이 삼십 센티미터에 불과한 다리 위를 요정으로 명명된 지순이가 하얀 접시를 들고 나비처럼 건너다녔다. 그로써 옷갓마을은 우리나라에서 꼭 가보아야 할 관광지 열 곳 중에 한 곳으로 선정되었다. 어디 그뿐인가. 비열하고 창피한 범죄로 지목되었던 대규씨의 추문도 이젠 일상화되어버린 마을의 '쉬쉬쉬'와 함께 대숲을 스쳐가는 바람 속으로 사라져버렸다.

처음부터 얼토당토않았던 그의 성추행 문제에 적의를 품고 있거나 비난하는 사람은 눈을 씻고 보아도 찾아볼 수 없게 되었다. 외나무다리를 건설하는 데 재정적 지원을 아끼지 않았던 장본인이었기에 그 또한 '쉬쉬쉬'로 묻혀버린 것이었다. 뒤틀어진 다리의 명예는 그처럼 옷갓마을의 면모를 치명적으로 바꾸어놓았다. 방문객들은 날을 거듭하면서 눈에 띄게 불어났다.

주말의 마을 풍경은 서울 인근의 대형 노점 시장을 방불케 했다. 그야말로 사월 초파일날 사찰의 야단법석과 비교할 만했다. 낯선 사람만 눈에 보였다 하면 창자를 끊을 듯이 지악스럽게 짖어대던 마을의 똥개들도 이젠 방문객들이 떼거지로 몰려와도 짖는 법이 없었다. 그들이 던져주는 말린 오징어나 편육 그리고 과자와 빵 조각에 맛을 들인 탓이었다. 십 년 이상 저들을 길러준 주인이 불러도 눈길 한번 주는 법이 없이 방문객들 꽁무니만 꼬리를 세차게 흔들며 뒤따라 다녔다. 언제 빵 조각이 떨어질지 몰랐기 때문이다. 지금까지 지성껏 밥 먹여주고 쓰다듬어주었던 주인이 끈질기게 부르면, 뒤돌아서서 배신자처럼 이빨을 험악하게 드러내고 노려보기까지 했다.

어느 밭둑길을 비집고 들어왔는지 마을 앞 제방 위로 승용차들이 즐비하게 늘어서기 시작했다. 누대를 터 잡고 살아온 마을 사람들은 엄두도 못 냈던 차로를 만들어놓은 것이었다. 그 좁은 농로를 먼지를 일으키며 과속으로 달리는 승용차들도 있었다.

마을의 기왓골에는 모래먼지가 쌓이기 시작해서 기왓장 본래의 모습은 소낙비 내리는 날이 아니면 볼 수 없었다. 마을은 하루 종일 모래 먼지를 뒤집어쓰고 살았다. 하루를 보내고 나면 마을 사람들 입안에는 모래주머니가 한가득이었다. 밥을 씹어도 모래를 씹고 있다는 착각이 들 정도였다. 모래의 신이 그들의 입안을 점령해버린 셈이었다.

그때까지 대규씨가 누렸던 마을의 장악력은 어느새 복길씨 차지가 되었다. 그와 동시에 마을에서 불거지는 애로 사항도 너무나 손쉽게 풀려나갔다. 복길씨가 나서면 안 되는 게 없었다. 그가 침묵하면 모두가 불안해서 얼굴이 질렸고 초조한 기색이 역력했다. 그가 말하면 무조건 박수를 쳤다.

반면 대규씨는 방안에서 책상다리하고 앉아 바둑 복기나 하며 지내는 얼간이였다. 많은 방문객들이 옷갓마을로 몰려와서 롤모델이 된 복길씨를 만나고 인터뷰하고 사진 찍느라 난리 지랄을 떨었다. 어느 누구도 옷갓마을이나 복길씨를 물어뜯으려 하지 않았다. 그러면 당장 반동으로 몰린다는 것을 알기 때문이었다. 상찬 일색이었다.

인터뷰 기사는 그를 천상에 올려다놓았다. 민박을 유치하려면 구식 온돌방은 이제 그만, 요사이 신세대들의 기호에 따라 건넌방에 침대를 들여놓아야 한다고 떠들어댔다. 뿐만 아니었다. 재래식 변소를 수세식 화장실로 바꾸고, 마을 한가운데서 마을의 주인처럼 버티고 있던 외양간과 돼지우리를 마을 주변 멀리로 내치고, 마을 사람들도 두루마기를 벗고 간편복으로 갈아입어야 한다고 외쳤다. 어떤 원로 기자가 그 놀라운 발언들을 나름대로 각색하여, "늑대를 잡으려면 포도나무를 심어놓고 기다려야 한다"고 발언한 것처럼 머릿기사를 뽑아주었다. 그러자 사람들은 복길씨를 해박한 지식의 소유자라고 추켜세웠다. 어느 누구도 그가 제2금융권에서 각목을 들고 설치며 연명하던 사람이었다는 것을 알지 못했다. 그의 허장성세를 속속들이 꿰고 있던 부친은 고인이 되어 광덕산 중턱 갈대밭에 누워 있었기 때문이다. 죽은 자는 말이 없었다.

일취월장이 된 그는 대규씨로부터 가로챈 위토답 대지에 모텔을 짓기 시작했다. 부부 사이였지만 서로 소 닭 보듯 했었던 아내와도 그즈음 얼음 위로 박 밀듯 매끄러워져서 복길씨의 아내는 모텔을 짓는 곳에 나타나 감 놓아라 대추 놓아라 간섭하기 시작했다. 그녀는 남들이 바라보는 앞에서도 아랑곳 않고 남편의 구겨진 옷깃을 여며주거나 입술에 묻은 코딱지를 닦아주며 부부 사이의 애정이 돈독하다는 것을 과시하곤 했다. 세상만 달라진 것이 아니라, 사람도 많이 달라진 것이었다. 그녀는 모르는 사람이 자신의 남편을 가리켜 누구시냐고 물어보면, "아저씨는 신문도 안 보세요? 어제도 사진이 대문짝만하게 났는데" 하면서 무안을 주어 물었던 사람을 머쓱하게 만들었다.

마을은 옛날부터 고즈넉함을 더욱 부채질했던 뻐꾸기 울음소리가 들리는 전통 마을로 소문나 있었다. 그 울음은 광덕산 중턱에 자리잡은 영당 부근에서 아련하게 들려오곤 했다. 그러나 외나무다리를 새로 지은 이후 마을에 방문객들이 몰려들기 시작하면서 뻐꾸기 소리는 언제 그랬냐는 듯 뚝 끊어져버렸다. 방문객들 중에는 귓가에 아련하게 묻어나는 뻐꾸기 소리를 들으려고 다시 찾아오는 사람들도 있었다. 그래서 그들은 이구동성으로 뻐꾸기는 어디로 도망갔느냐고 두 눈을 거침없이 부라리며 따지고 들었다. 그러나 날짐승이 하는 일을 사람이 어찌할 수 없으니까, 물어도 둘러댈 말이 궁했다.

그런데 그 울음소리가 끊어진 지 보름쯤 뒤에 난데없이 제방 맞은편 대숲에서 다시 뻐꾸기가 힘차게 울어대기 시작했다. 아주 또렷하게 들렸다. 사람들은 마을 이장 김영세가 운영하는 팽나무 그늘 아래 노천카페에 앉아 멀리 혹은 가깝게 들리는 뻐꾸기 소리를 듣고 있었다. 그때 누군가가 이장 김영세의 아내 추씨를 보고 물었다.

"아주머니, 저 뻐꾸기 소리 옛날에는 뒷산 중턱에 있는 영당 부근에서 들렸는데?"

"그런데요?"

"어찌된 셈인지 오늘은 건너편 대숲에서 울고 있네요?"

"그럴 수도 있죠. 날개 달린 짐승이 어딘들 못 가겠어요."

"이 마을 주변에는 뻐꾸기가 여러 마리 사는가봐요?"

"한두 마리가 여기 갔다 저기 갔다 할 수도 있지요. 이 마을을 떠나기 싫은가보지요."

"내일 오면 영당 부근에서 울겠지요?"

"아마 그럴걸요. 뻐꾸기가 알아서 처신하겠지요."

정말 이튿날에는 영당 부근에서 뻐꾸기 울음소리가 들렸고, 어느 날은 대숲에서 들려오기도 했다. 어떤 때는 두 곳에서 동시에 울어대기도 했다. 그럴 때 마을은 뻐꾸기 소리에 묻혀버리는 듯했다. 어느 누구도 그 울음소리가 녹음기에서 나오는 소리라는 것을 알아차리지 못했다.

마을엔 한두 집씩 가양주를 만들어 파는 집이 생겨났고, 뒤따라 조밥을 곁들여 먹는 메밀묵집이 생겨났고, 겉절이 김치와 곁들여 먹는 칼국숫집이 생겨났고, 호박 부꾸미를 빚어 파는 막걸리집도 생겨났다. 대낮에 술에 취해 골목길을 휩쓸다가 돌담에 대고 오줌 싸는 주정뱅이도 생겨났다. 남자들뿐만 아니었다.

돌담에 대고 오줌을 누는 여자도 있었다. 떠나가는 발걸음에만 달관이 되어 돌아오는 길을 잃어버린 여자를 애를 끓이며 불러대는 가사의 유행가 소리로 골목길이 터져나갈 듯했다. 그러나 어느 누구도 그 난장판을 나무라거나 헐뜯는 사람은 없었다.

뙤약볕 아래에서 진땀을 흘려가며 농사를 짓지 않고도 그보다 더 나은 소득을 보장하는 수입이 생겨났기 때문이다. 게다가 이문에 대한 세금도 물지 않았다. 농가 수입은 세금을 물지 않았다. 주말이면 외지에 나가 있던 젊은 가족들이 고향집으로 돌아와 민박 영업을 거들었다. 일테면 도랑 치고 가재 잡아 구워 먹기였다. 이장인 김영세도 눈코 뜰 새 없이 바빴다. 그는 아내와 함께 오전부터 밀려드는 방문객들을 상대로 커피를 팔았다. 전자 영수증 발급 따위는 아예 없었고, 시쳇말로 현금 박치기로 팔았다. 도회지에 있는 자기 집에서는 거들떠보지도 않던 설탕투성이 인스턴트커피를 너도나도 앞다투어 사 마셨다. 그것을 마시며 영양가라고는 반푼어치도 없는 농담으로 귀중한 시간을 탕진했다. 그러나 그들은 그 시간을 힐링이라는 낯선 말로 불렀다.

단골손님까지 생긴 카페는 주말이면 오전부터 만석이었다. 친절하고 해박한 해설사까지 동행해주는 전통가옥 순례는 처음부터 안중에도 없었다. 뙤약볕을 돌아다니며 알아듣기도 힘든 곰삭은 고릿적 이야기를 들어야 했기 때문이었다. 그래서 팽나무 아래 노천카페는 언제나 서푼짜리 악담과 농담으로 가득찼다.

방문객 중에는 돌팔이, 거짓말쟁이, 사기꾼, 모사꾼, 협잡꾼, 허풍쟁이 들도 한두 사람 섞여 있어서 온갖 지저분한 잡담으로 시간을 보냈다. 그들은 그것을 유쾌한 농담으로 불렀으나, 내막을 자세히 엿들어보면, 천박한 말투로 떠는 허풍과 자신을 밥 먹여주는 직장에 대한 오해와 비방 그리고 독설이었다. 그리고 해거름녘이 되어 일어날 때쯤이면, 이구동성으로 은퇴하면 공기 맑고 아름다운 옻갓마을에 와서 살겠다고 허풍을 평평 터트렸다. 이장을 불러 마을 주변의 집값이나 땅값 따위의 시세를 물었다. 방문객 중에 오십대 후반으로 보이는 허풍쟁이가 커피 나른답시고 바쁘게 돌아가는 이장을 불러 세웠다. 그는 멀리 바라보이는 산중턱의 영당을 턱짓으로 가리키며 거만하게 물었다.

"저기 보이는 저 옛날 집은 뭐하는 집이오?"

"영당입니다."

"저 집 통째로 사려면 얼마면 돼?"

이장이 하도 기가 차서 거만 떠는 작자를 한동안 우두망찰하다가 대답했다.

"그 집 사서 뭐하게요?"

"확 밀어버리고 빌라 짓든지 콘도 짓게."

"확 밀어요? 그거 안 됩니다. 저 영전은 태조대왕님 영정 모시는 영당입니다."

"누굴 모신다고?"

"태조대왕님요."

"태조대왕이 누구야?"

"조선시대 시조를 모르십니까?"

"시조면 다야?"

"여기서 그런 말씀 하시면 안 됩니다."

"안 되는 게 어딨어, 빌라 짓겠다는데 당신이 왜 핏대야?"

"태조대왕을 확 밀고 빌라 지어서 어디 쓰게요."

"그건 당신이 알 바 아니지."

그때 두 사람의 대화를 듣고 있던 일행 중 한 사람이 끼어들었다.

"어이, 안회장. 저기다 빌라 짓는 건 좋은데 그렇게 되면 안회장 다주택자 되잖아. 지금 가진 집도 세 채나 되는데, 세금 폭탄을 어떻게 감당하려고 그래."

일행으로부터 무안을 당한 것에 비윗장이 뒤틀린 안회장은 피우던 담배꽁초를 땅에다 패대기쳐서 발로 싹싹 비비며 부아통을 터트렸다.

"나 저놈의 땅 손에 안 넣는가봐라."

그래서 거래도 없는 옷갓마을 땅값이 하늘 높은 줄 모르고 치솟아 마을 사람들 간땡이만 부풀려놓았다. 이장은 그러나마나 쓴웃음 지으며 방구석에 나뒹구는 새마을 모자를 주워 쓰고 아내가 건네는 커피잔을 쟁반에 담아 쉴새없이 날랐다. 카페를 찾아오는 사람들 중에 그가 이 마을 이장 신분이라는 것을 눈치채는 사람은 없었다.

유난히 많이 벗어진 대머리를 감추기 위해 손에 잡히는 대로 찾아 쓴 새마을 모자는 방문객들로 하여금 가난한 시절의 애환을 되새김질해주는 아련한 향수를 느끼게 하기도 했다. 그러나 그렇게 생각하는 사람은 극히 적은 일부 인사들뿐, 대개의 방문객들은 그렇게 여기지 않았다. 두루마기 차림에 새마을 로고가 새겨진 야구모자의 익살스러운 조합이 웃음을 자아냈다. 조롱거리였다. 너도나도 이장에게 달려들어 두루마기를 벗기고 모자를 빼앗았다. 그래도 방문객들의 무례를 탓할 수 없었다. "사장님 옷 좀 빌려줘요" 하면 노출의 비애를 무릅쓰고 두루마기든 모자든 냉큼 벗어서 건네주었다.

그들은 번갈아가며 새마을 모자를 삐딱하게 뒤집어쓴 다음 V자 손가락을 높이 쳐들고 셀카를 찍었다. 어떤 사람은 한술 더 떴다. 인스턴트커피가 든 종이컵을 허공 높이 쳐들고 이장으로선 알아들을 수 없는 치어스를 외치며 사진을 찍기도 했다. 일행 중 누군가가 정색을 하고 물었다.

"사장님, 이 모자 나한테 파시오."

이장이 살짝 쓴웃음을 지으며 말했다.

"이런 헌 모자는 사서 뭐하실려구요?"

"얼마요? 말만 해요."

"안 팝니다, 이 모자."

"달라는 대로 준다는데 왜 안 팔아요?"

"회장님, 촌놈이라고 깔보지 마십시오. 이 모자 팔아버리면 이 카페 손님 반쯤은 끊어진다는 걸 난들 모르겠습니까. 이 모자 쓰고 사진 찍겠다는 분들 상당히 많습니다. 이 모자 팔아버리면 카페에 파리 날리고 저 밥줄 끊어집니다."

“내가 회장인 건 어떻게 알았소?”

“회장님, 저 여기서 장사 시작한 지 오래입니다. 척 보면 알아채지요.”

이장이 문을 연 노천카페는 그래서 사진 찍기 좋은 장소 역할을 톡톡히 감당하고 있었다. 일테면 시쳇말로 포토존이 되었다. 심지어 그의 아내가 편리해서 꺼내 입은 몸뻬바지를 벗어달라고 정색을 하고 덤비는 여자들도 있었다. 빌려 입고 셀카를 찍기 위해서였다. 이장은 그때마다 한계까지 간 아내의 인내심에 비애를 느꼈지만 침을 삼키듯 울분을 참아 넘겼다. 한 사람이 사진을 찍고 나면 너도나도 모자를 돌려가며 쓰고 셀카를 찍어 그 자리에서 멀리 있는 친지들에게 날렸다. 반응은 즉각적이었다. 화면에는 당장 답신이 떴다.

—자기, 사진 죽인다. 거기 어디?

—어디게?

—대한민국 어디야?

—옷갓마을.

—동네 이름 죽인다.

—여긴 팽나무 아래 노천카페.

—와우, 팽나무 아래 노천카페? 대박.

전통가옥에서 민박하는 가족들도 생겨나기 시작하면서 마을의 수입은 급속도로 늘어났다. 여러 지방에서 옷갓마을의 성공 사례를 견학하려고 몰려들었다. 마을은 구름 위에 떠 있는 것처럼 둥둥 떠다녔다. 방문객들이 썰물처럼 빠져나간 해질 무렵이 되어서야 마을은 천천히 적막 속으로 가라앉았다. 죽변천의 외나무다리는 달빛 속에 괴물처럼 홀로 남아 가만히 누워 있었다. 밤이면 초가지붕 위로 올라간 박 넝쿨이 하얀 박꽃을 피워 달빛 아래 서늘하게 아름다웠다. 초가를 걷어내고 기와를 올린 측간의 민속학적 가치를 피를 토하는 목소리로 강연하던 유식한 사람들이 사라지고 난 뒤, 마을 깊은 골목 안에는 개들이 흘레를 붙거나 뒷다리 들고 돌담에 오줌 싸는 본래의 모습으로 되돌아가곤 하였다.

그런데 언제부턴가 마을에 출처가 불분명한 이상한 소문이 돌기 시작했다. 그것은 쉬쉬해서 물밑으로 흔적도 없이 가라앉았다고 생각했던 외나무다리 공사 당시의 비밀이었다. 떠돌아서는 안 되는 소문이 미처 알아채지 못한 사이에 입에서 입으로 번지기 시작한 것이었다.

놀란 복길씨와 이장이 소문의 출처를 추적해보았으나 최초 발설자가 누구인지 가려내기란 쉽지 않았다. 이 소문이 일파만파로 봇물 터지듯 한다면 지금까지 쌓아올렸던 옷갓마을의 성가는 급전직하로 치명상을 입게 될 것이었다. 사기꾼으로 몰릴 사람도 한둘이 아니었다. 입소문을 따라 급격한 속도로 몰려들었던 방문객들이 하루아침에 발길을 끊어버릴 것이고, 적은 금액도 아닌 국고를 손실내고 말았으니 감옥에 갈 사람이 생길지도 몰랐다.

그러나 발설자가 누구인지 알 길이 없었다. 모두가 손사래를 치고 달아나버렸다. 나는 아니란 소리가 사방에서 터져나왔다. 그러나 약속을 어기고 주둥이를 헤프게 놀린 사람이 분명 있을 것이었다. 어떤 어려움이 따르더라도 장본인을 찾아내 본때를 보여줘야 했다. 쉽지 않았지만 몇 가지 단서로 유추해볼 수 있었다. 제일 먼저 생각해볼 것은 마을의 번성에서 소외되어 있는 사람을 찾아내는 것이었다. 가장 먼저 떠오르는 사람이 상류 쪽 늪을 지키고 있는 노인네인 관태석이었다.

그 늙은이는 지금도 여지없이 늪가에 자리잡고 앉아 해바라기로 소일하고 있었다. 그러나 옛날처럼 줄기차게 메기를 잡아내지도 않았고, 잡아달라는 사람들도 흔치 않았다. 외나무다리 완공 이후로 가득하게 넘쳤던 늪의 수량이 줄어들어 고기들도 찾아보기 힘들어졌다.

방문객들도 맵고 짜기만 한 민물매운탕보다 자신들이 싸가지고 온 간식을 먹거나 마을에 새로 생겨난 시골음식 쪽으로 발길을 돌렸다. 때문에 노인네의 역할은 줄어들었고 방문객들의 관심도 끌지 못했다. 마을에 문을 연 가게들이 누리는 호경기가 눈엣가시처럼 보일 것이 노인네로선 당연했다. 소문의 최초 발설자는 노인네가 분명해 보였다. 그러나 조심스러웠다. 설령 심증이 간다고 해도 불문곡직 뒷덜미를 잡아챌 수는 없었다.

이장이 조용히 노인네를 찾아갔다. 그는 노인네에게 늪가에서 떼어내어 인적이 드문 대밭 지킴이로 일터를 바꾸어주겠다고 제안했다. 대밭을 지키며 죽순을 캐가는 도둑을 막아주는 대신 마을에서 일정액의 경비를 지불하겠다고 했다. 노인네는 솔깃한 눈치였다. 고기도 잡히지 않는 늪가에 양동이를 끼고 앉아 뙤약볕을 쪼이며 하루해를 보내는 것보다 뻐꾸기 소리가 끊어지지 않는 대숲을 지키며 소일하는 일이 바로 자신처럼 늙은이가 할 일이란 생각이 들었다. 그러나 어느 순간 뱀 만난 사람처럼 화들짝 놀라 손사래를 치기 시작했다. 못하겠다는 것이었다. 놀란 것은 이장이었다. 다 잡은 고기를 놓친 꼴이었다. 한동안 노인네를 물끄러미 바라보던 이장이 힘없는 목소리로 물었다.

"어르신, 갑자기 왜 그러십니까?"

"왜 그러냐니, 못하겠다는데 뭔 잔소리야?"

"어르신네 일자리치고 그만한 일자리가 어디 또 있습니까?"

"나 그런 일 못해."

"대숲 밑에 살평상 갖다놓고 죽순 도둑이나 지키며 소일한다면 바로 신선놀음 아니겠습니까. 게다가 일당까지 톡톡히 쳐준다는데 왜 거절하십니까."

"도대체 나를 대밭에다 귀양살이 시키려는 속내가 뭐여? 그것부터 말해봐."

"누가 어르신네를 귀양을 보낸다고 그러십니까?"

"나를 마을 사람들과 떼어놓으려는 속내가 무엇이여?"

"나 참, 이런 오해를 받게 될 줄은 몰랐네요."

"오해라니, 내가 그 음흉한 속내를 모를 줄 알고?"

"속내가 뭔데요?"

"날 저승사자에게 업혀 보낼 심산 아닌가."

"대밭에 무슨 저승사자가 있습니까. 거긴 듣기 좋은 빼꾸기 소리뿐이지 않습니까."

"바람소리도 있지"

"참 그건 미처 몰랐네요."

"그만둬."

이장의 제안을 솔깃하게 여겼던 노인네가 갑자기 마음을 바꾼 데에는 이유가 있었다. 요사이 수량이 급격하게 줄어들어 고기가 잡히지 않는다지만 그 늪가의 자리는 자신이 평생 동안 지켜온 집터라는 생각이 들었던 것이다. 그것을 잠시나마 잊어버릴 뻔했다. 거절한 이유는 또 있었다. 이장이 대밭의 죽순 도둑을 지켜달라고 했는데 사실 그 대밭의 죽순 도둑이 누구인지 노인네는 알고 있었다. 바로 옹심이였다. 옹심이는 때때로 대밭에 숨어들어 죽순을 캐갔다. 그것으로 죽순죽을 끓여 대규씨에게 대접하는 것을 노인네는 몇 번 목격한 일이 있었다. 그에게 대밭을 지키라는 것은 옹심이를 잡아서 처벌하라는 것과 다름없었다.

그런 사정을 전혀 몰랐던 이장은 노인네를 설득해서 문제를 해결하려 했던 당초의 계획을 포기할 수밖에 없었다. 속셈 같으면 당장 노인네에게 속시원하게 털어놓고 당신 때문이야, 하며 윽박질러 해결하고 싶었다. 그러나 심증에 불과했고, 자칫 저질렀다간 노인네가 회칼을 빼들고 달려들지도 몰랐다. 어떤 불상사에 휘말릴지 몰랐다. 그러나 이 문제를 해결하자면 반드시 본때를 보여주어야 했다.

그때 전광석화같이 떠오른 인물이 있었다, 만사성 주인 경관우였다. 이처럼 난삽하게 얽힌 문제를 속시원하게 해결하는 데 앞장세워서 처리하기 가장 손쉬운 인물이었다. 그는 객지에서 흘러든 천둥벌거숭이였다. 우격다짐으로 우환거리로 만들어 매장을 시켜도 엄호해줄 사람이 그의 곁에는 없었다. 그러나 아주 신중하게 접근해야 했다. 지순이가 방해물로 가로놓여 있었기 때문이다. 그는 옷갓마을에서 보물이나 다름없는 지순이의 아버지였다. 쥐도 새도 모르게 그를 마을에서 퇴출시킬 수 있는 방법이 있었다. 이장 김영세는 읍내의 민원실을 찾아갔다. 그러곤 안면이 익숙한 관계자와 면담을 가졌다.

"과장님, 우리 마을에 살고 있는 경관우라고 그 사람 아시죠?"

그의 말을 듣는 둥 마는 둥 하며 서류를 뒤적거리고 있던 민원실 관계자가 고개도 들지 않고 시선을 내리깐 채 말했다.

"누구 말인데요?"

"경관우라고 중국 사람 있지 않습니까."

"아, 예. 그 사람 있다는 거 알지요."

"그래서 말인데요…… 그 사람이 마을에 살고부터 많은 애로가 있습니다."

"무슨 애로 사항이 있습니까?"

"있다마다요."

"말을 입안에 넣고 우물거리지 말고 속시원하게 털어놓으세요. 그래야 나도 속시원하게 도와드릴 것 아닙니까."

"그래서 말인데요…… 그 사람 불법체류자 맞지요?"

"그래요? 금시초문인데…… 그 사람 불법체류자인가?"

"틀림없어요. 알아보세요."

"가만있자, 서류를 찾아봐야 알겠는데요…… 지금 우리나라에 들어와 살고 있는 불법체류자가 어디 한둘이어야 말이죠."

"서류를 좀 찾아봐주실래요."

"기다려보세요."

서고로 들어간 관계자가 이십여 분이 지나서야 얼굴이 상기된 채로 면담 자리로 돌아왔다. 순간적으로 이장은 자신이 바라던 대로 진행되고 있다고 직감했다. 관계자가 입가에 가벼운 미소를 흘리며 조용히 입을 열었다.

"이장님, 그 사람이 마을에서 문제를 일으키고 있습니까?"

"아니요. 그렇지는 않습니다만?"

"그런데 왜 그 사람을 불법체류자로 몰아붙이려 합니까?"

"그러면 그 사람 불법체류자 아닙니까?"

"그 사람을 중국으로 추방 조치 해야겠다는 말씀이죠?"

"불법체류자라는 것이 드러났다면 당연히 추방 조치 해야지요."

"경관우라는 사람 불법체류자 아닙니다."

"그래요? 불법체류자 맞을 텐데요?"

"자기 입으로 불법체류자라고 방송하고 다닙디까?"

"그건 아닙니다만."

"그 사람 십 년 전에 한국 영주권 받은 사람입니다."

김영세는 멍한 얼굴로 민원실 관계자를 물끄러미 바라보았다.

"그거 정말입니까?"

"민원실에 근무하는 사람이 민원인 앞에 두고 농담하겠습니까."

"그런 줄 몰랐습니다. 당사자가 그런 사실에는 입을 다물고 있었으니까요."

"아무런 문제가 없는데 떠들고 다닐 필요가 있었겠습니까. 엄연한 영주권자인데 뭣 때문에 동네방네 떠들고 다니겠습니까. 이장님은 아침마다 마을을 돌며 나는 이장 김아무개니까 그렇게 알고 계십시오, 하고 방송하고 다닙니까? 아니지 않습니까. 늑대가 나는 늑대다 하고 소리치는 것 봤습니까? 꼭 필요할 때만 늑대처럼 울지 않습니까."

"기가 차네요."

"이장님이 명심할 게 있습니다. 세상이 수족관 이상으로 투명해졌는데, 불법체류자가 몇십 년 동안 버젓이 고개 쳐들고 살았겠습니까. 그리고 경관우씨가 영주권 가진 중국인이든 불법체류자든 근본이 중국 사람이라면 함부로 다루지 못할 세상이 되었습니다. 요사이 시대가 어떤 시대입니까? 중국 사람 앞이라면 고관대작들도 설설 기는 세상 아닙니까. 어디 그뿐입니까. 농촌 인구가 급속도로 줄어들고 있다는 것 알고 계시죠? 우리에겐 영주권 가진 중국인 단 한 사람이라도 보호해줄 의무가 있습니다. 철없는 애들처럼 우왕좌왕 날뛰지 말고 경관우씨 정중히 모시고 가서 쓴 막걸리라도 한잔 대접해주세요. 냉정하게 생각해보세요. 우리가 먹고 마시는 음식 한 가지만 해도 중국산 아니면 곱다시 굶어죽을 판 아닙니까. 더덕도 중국산, 콩나물도 중국산, 계핏가루도 중국산, 김치도 중국산, 생강차도 중국산, 고춧가루도 중국산, 팬티도 중국산, 런닝셔츠도 중국산, 우산도 중국산, 오만 가지 생필품중에 중국산 아닌 것 있으면 말씀해보시죠. 이장님이 지금 하신 일은 멀쩡한 사람 뒷덜미 잡아채는 일입니다. 그러시면 안 돼요."

"그거 정말입니까?"

"거짓말 아니라고 말씀드렸잖습니까."

이장 김영세는 의기양양했던 것과는 달리 주눅이 잔뜩 들어서 된소금에 절인 파김치가 되어 마을로 돌아왔다. 경관우를 내쫓으려 했던 당초의 계획은 한낮 뜬구름 잡기가 되고 말았다. 낙심천만이었다. 불행 중 다행인 것은 위태로운 처신에도 불구하고 이장직을 잃지 않았다는 것이었다.

그날 밤 밤잠을 설쳐가며 또다른 희생자를 찾아내려고 이 궁리 저 궁리로 밤샘을 하였으나 끝내 허사가 되고 말았다. 관씨 집성촌이었던 것이 오히려 걸림돌이 되었다는 것을 뼈저리게 느낀 하룻밤이었다. 굳이 희생시킬 사람을 찾아내자면 관씨 아닌 김씨 성을 가진 자기 자신이란 생각이 들기도 했다.

생각이 거기에 미치는 순간, 그는 자신도 모르게 무릎을 탁 쳤다. 누워 있다 말고 정신이 번쩍 들어 화들짝 떨치고 일어났다. 두 눈에 불기둥 같은 것이 치솟았다. 이 마을에서 가장 주둥이가 헤픈 여자가 바로 자기 아내 추애순이라는 생각이 가슴을 쳤기 때문이었다. 생각하면 마을에서 이런저런 송사로 시끄러울 때마다 아내 추씨는 입을 헤프게 놀려 몇 번인가 마을 사람들로부터 무릎맞춤을 당했었다. 그런 일로 이장인 자신을 곤욕스럽게 만든 사례가 여러 번이었다. 그걸 잊고 있었다니…… 등잔 밑이 어둡다는 말은 이런 때 쓰라고 있는 말이란 것도 잊고 있었다. 자괴감이 가슴속을 송두리째 휘젓고 지나갔다. 그는 허공에 대고 미친 놈처럼 소리질렀다.

"죽일 년."

이튿날 아침, 이장 김영세는 여느 때처럼 카페로 나갈 채비를 서두르는 아내 추씨를 툇마루 끝으로 불러앉히고 단도직입으로 물었다.

"당신 요즘 우리 마을에 수상한 소문 나돌고 있는 것 알고 있지?"

추씨는 난데없이 무슨 흰소리인가 해서 눈을 치뜨고 남편을 지켜보다가 어느 순간, 어깨를 으스대며 대답했다.

"수상한 소문이든 예쁜 소문이든 우리 마을에 떠도는 소문치고 내가 모르는 소문도 있답디까."

"맞아. 뻐꾸기 소리 녹음한 것도 당신 아이디어였잖아."

"누가 아니래요. 나 아니면 누구겠어요."

"그래서 말인데 휘어지게 놓인 외나무다리로 포상금 타먹었다고 동네방네 떠들고 다닌 것도 당신부터지?"

"맞아요, 내가 했어요. 뭐가 잘못됐어요?"

"왜 그걸 떠들고 다녔나? 어떤 결과가 올지 예상 못했나?"

"장여사가 부탁해서 방송하고 다녔어요."

"장여사가? 장여사가 왜 여기서 나타나?"

"지순인가 뭔가 하는 그 아이 때문이랍디다. 장여사가 그 계집애와 마주칠 때마다 무시당하고 남편한테 일러바쳐도 들은 척도 안 해서 어떤 날에는 분을 참지 못해 밤을 하얗게 새울 때도 있답니다."

"그 아이가 어때서?"

"장여사 말로는 그 집 가족 전체를 마을에서 내쫓아야 한답디다."

"큰일날 소리 하는구만. 나 이장 자리 모가지 떨어지게 되었어."

"그깟 이장 자리가 대순가. 카페에서 하루만 벌면 당신이 받는 한 달치 이장 수당은 일같잖게 벌 텐데……"

"장여사가 그 지순이란 아이를 눈엣가시로 여긴다는 건 온 동네에 파다하게 퍼진 소문이지만, 당신이 왜 거기에 뛰어들어서 장여사 앞잡이 노릇을 해야 하나?"

"장여사가 누굽니까. 관씨 마을 장손의 부인 아닙니까. 장여사 비위를 거슬렀다간 이 마을에서 온전하게 견딜 것 같습니까. 당신도 철 좀 드세요. 주위를 살피는 안목이 그밖에 안 되니까 그 나이 될 때까지 이장밖에 못 해먹지."

"어허, 못하는 말이 없구만. 당신이야말로 남의 염장 지르지 말고 정신 똑바로 차리고 사태 파악해."

"사태는 무슨 썩어빠질 사태요."

"지순이 아버지란 사람이 누군지 알아?"

"누구겠어요. 중국에서 건너온 뜨내기라는 것은 온 세상이 알고 있는 사실인데."

"그게 아니야. 그 사람 손끝 하나라도 건드렸다간 우리 옷갓마을에 모래바람이 불어닥칠 거야. 내 말 알아듣겠어?"

"뭔 소리를 그렇게 냉정하게 하시오?"

"경관우란 사람이 중국에서 온 하잘것없는 인생이 아니란 말이야. 그 사람 중국에서 유력한 사람이야. 이제 알아듣겠어?"

경관우 편을 든다는 것이 도를 넘었는데, 김영세 본인은 그것을 깨닫지 못했다.

"그런 말 누가 합디까?"

"내가 어제 민원실에 갔다 왔어. 불법체류자로 걸어서 마을에서 쫓아낼 방도가 있지 않을까 그걸 알아보려고. 그런데 내가 뭘 모르고 불구덩이로 뛰어든 거야. 그 가족들 중에 누구라도 손끝 하나라도 건드렸다간 옷갓마을 전체가 송두리째 날아가는 변고를 당한다고 두 눈을 부릅뜨고 나를 노려보더군. 경관우가 어떤 사람인 줄 아느냐고 입에 거품을 물고 따지는 거야."

"뭐랍디까?"

"중국에서 온 유력 인사라는 거야. 유력 인사가 뭔지 알아? 함부로 건드렸다간 큰 코 다친다는 얘기야. 나도 그 얘기 듣고 반신반의했지. 날벼락이었거든. 그런데 민원실에서도 남모르게 그 가족들에게 어떤 불상사라도 생길까봐 노심초사하고 있다는 거야. 그걸 내가 모르고 있었어."

"민원실 높은 사람이 그럽디까?"

"아니면 내가 헛소리 지껄이고 있을까."

"아이고, 어쩜 좋아. 사람 겉 다르고 속 다르다더니 만두 장사로 겨우겨우 연명하는 반편인 줄 알았더니 그게 아니네."

"장여사도 거기까진 모르고 대들었겠지. 당신 조심해. 커피 장사라도 온전히 꾸려나가려면 입술에 쇠뭉치를 달고 살아야 해. 오늘 이 시간부터 장여사하고도 멀찌감치 거리를 두고 살아야 목숨 부지할 거야."

"아이고, 홍콩 갔다 온다더니, 그 꼴이 됐네."

"또 또, 그 말은 거기에 쓰는 말이 아니라니깐. 어디서 그런 말을 배웠나?"

"그럼 어디다 써요?"

"달리 쓰는 데가 있다니깐."

"정말 별꼴 다 보겠네."

"모르면 가만 입 닫고 있어."

"여보, 어떻게 하면 좋아. 카페 문 닫게 생겼네."

"차후로 마을에서 세상이 뒤집어지는 불상사가 일어나도 구린 입 떼지 말고 청맹과니 행세하며 바라만 보고 있어. 철딱서니 없이 여기저기 들쑤시고 다니며 알은체했다간 마을에서 쫓겨나는 봉변을 당할 거야. 그렇게 알고 조신하게 행동해. 장여사 근처에도 가지 말고 옹심이네하고 사이좋게 지내라구. 그 집에 무슨 일이 생기면 득달같이 달려가서 품앗이도 해줘. 그래야 우리도 살아남을 수 있어. 중국 사람들 우습게 보지 말라구. 물레가 돌고 돌아서 제자리로 돌아오듯이 좋지 못한 일을 저지르면 반드시 보복을 받게 된다는 말이 있어."

그런데 이상하게도 그런 일이 있고부터 일파만파로 퍼져나가던 소문이 식칼로 싹둑 자른 듯이 없어지고 말았다. 추씨가 마을을 들쑤시고 다니면서 입조심하라고 손사래 치고 다닌 것인지 그건 알 수 없었다. 어쨌든 추씨가 서둘러 찾아간 사람은 장씨였다. 장씨는 추씨로부터 자초지종을 듣고 난 뒤 얼굴이 허옇게 질려서 추씨의 손을 잡아채며 울음을 터뜨렸다. 이 일을 어찌하면 좋으냐며 벌벌 떨었다. 추씨는 어쨌든 차후로 만둣집에 대한 원망과 복수심을 거두는 수밖에 없다고 달래주었다. 그처럼 두 여자가 동맹을 맺고 이를 악물어가며 겨냥했었던 것을 단념하고부터 마을은 조금씩 평온을 되찾았다.

방문객들은 계속 찾아왔고 지순이의 외나무다리 타기도 여전했다. 그러나 접시꽃과 맨드라미, 봉숭아, 채송화, 나팔꽃, 민들레가 저절로 피고 지던 돌담 아래에는 방문객들이 먹다 버린 햄버거 찌꺼기와 피자 조각과 담배 꽁초들이 어지럽게 흩어졌다. 측간 주변을 들락거리며 서식하던 시궁쥐들이 대낮에도 골목길을 마음놓고 들쑤시고 다녔다. 시궁쥐들의 태도도 지난날과는 판이했다. 마을의 주인이 자기들인 것처럼 사람을 만나도 도망가지 않고 도발적인 눈빛으로 사람들을 노려보았다. 골목길 여기저기에 지난날에는 볼 수 없었던 비닐봉지와 페트병, 악취를 풍기는 쓰레기들이 쌓이기 시작했다. 모두가 멀고먼 도회지에서 온 것들이었다. 자기 집에서 처리할 쓰레기들을 수백 리 떨어진 옷갓마을까지 싣고 와서 스스럼없이 버리고 떠났다.

촌수를 따지지 않고 의좋게 지내던 마을 사람들끼리 안면을 바꾸기 시작한 것도 그 하찮은 쓰레기들 때문이었다. 민박집에서 발생한 쓰레기를 이웃집 담장 아래 버리게 되면서 말썽이 생겨났다. 그러지 않아도 밤중이면 민박집 방에서 들려오는 민망한 소음이나 아이들 악다구니들 때문에 신경이 곤두서던 참이었다. 게다가 쓰레기까지 흩어지면서 참고 있던 분통이 터지기 시작했다. 앞집 아낙네가 버려진 쓰레기봉투를 들고 민박집 마당 한가운데다가 패대기를 치면서 거친 말을 내쏟았다.

"숙희 엄마, 이거 어느 개아들놈이 내지른 쓰레기야."

침을 퉤 하고 내뱉으며 쏘아붙이는 앞집 여편네를 툇마루에 앉아서 바라보고 있던 뒷집 여편네가 당장 삿대질하며 대들었다.

"아니 사촌 어른, 내게 무슨 억하심정 있어? 남의 집 마당에 쓰레기는 왜 가지고 와서 패대기를 쳐?"

"너희 집 쓰레기니까 가지고 왔다, 왜?"

"그 쓰레기 우리집에서 나간 거 맞어?"

"이 집에서 나온 거 아니면 어느 놈의 집에서 나왔나?"

"우리집이라고 성명 삼자 쓰여 있나?"

"쓰레기봉투에 자기 성명 삼자 써놓는 개아들놈도 있나?"

"뭐, 개아들놈? 누구보고 험한 주둥이를 놀려대나. 빈방 빌려주고 몇 푼 챙기고 있는 게 그렇게도 배가 아파?"

"그래, 배 아프다. 난 배고픈 건 참아도 아픈 건 못 참는다, 어쩔래?"

"지랄 떨지 말고 쓰레기봉투 거둬서 썩 가지고 나가."

"너 말 다 했냐?"

"그래, 다 했다 왜?"

그런데 쓰레기 버린 일과는 전혀 상관이 없는 한마디가 상대방의 입에서 불쑥 흘러나왔다.

"네가 이십 년 전에 읍내에 있는 건달하고 연애질한 거 모르는 사람 많은 거 알어?"

"아니, 이게 무슨 케케묵은 개소리야."

"그거 맞아 안 맞아? 말만 해."

"쓰레기봉투 내버려두고 썩 나가. 내가 치울게."

"진작 그렇게 말해야지."

"알았어. 내가 못난 탓이지."

"못났다는 것이 나이 열여덟 살에 주유소 건달하고 연애질하고 다녔나? 그때 그놈하고 대낮에 중국식당 골방에 들어가서 뭐 했어?"

"골방은 무슨 골방이야. 번듯한 큰방이었는데."

"큰방에서 맘놓고 희학질 벌였구만."

"큰방이든 작은방이든 그게 니하고 무슨 상관이야."

"주둥이에 개 같은 거품을 왜 물어?"

"우리집에서 비켜줘, 제발."

"다리까지 저린 모양이군."

"어서 나가."

때마침 담장 밖에서 까치발을 딛고 마당에서 벌어진 시비를 엿보던 이웃 할매가 축 처진 두 볼에 심술을 가득 담고 뒤뚱거리는 걸음으로 마당으로 들어섰다. 그리고 다투는 내막을 모조리 엿듣고 있었으면서도 시치미를 떼고 물었다.

"젊은 것들이 세상 무섭지도 않어? 대낮부터 동네가 떠나갈 듯이 무얼 두고 싸움질이여?"

쓰레기봉투를 들고 왔던 아낙네는 찔끔해서 마당가로 비켜서고 말았으나, 어디서나 나서기 좋아하는 집주인 아낙네는 호들갑을 떨었다.

"할머니, 싸움한 거 아니에요. 우리끼리 농담하는 거예요."

"연애질도 농담으로 하냐?"

"누가 연애했다고 그러세요?"

"저기 있는 저년이 방금 씨불인 언사는 연애 아니고 뭣이냐?"

"할머니가 귀가 어두워 잘못 들으신 거예요."

불쑥 내뱉은 그 한마디에 할매의 분통이 터지고 말았다.

"이년들 봐라, 내가 늙었다고 귀머거리로 몰아붙이냐? 내가 늬들끼리 연애하는 것 두 귀로 똑똑히 들었어."

"할머니, 제가 잘못했어요. 가시던 길이나 가세요."

"가고 안 가고는 내 자유야. 니가 가라고 해서 좋아라고 갈까."

"아이고, 할머니 저 좀 살려주세요."

할매는 두 다리를 부들부들 떨면서도 한 발짝도 움직이지 않았다. 그때, 뒷마당 시궁창에서 뒹굴던 거위가 넓적한 주둥이를 땅에다 질질 끌며 달려나와 할머니 몸빼바지 자락을 비틀어물고 늘어졌다. 거위의 심술에 어마지두 놀란 할머니가 꽁무니를 내빼지 않았더라면, 시비는 해질녘까지 길게 갈 뻔했다.

궁핍을 운명으로 여겼던 시절의 마을은 구닥다리라고 핀잔을 들었어도 너무나 평온했었다. 그러나 방문객들이 풀방구리에 생쥐 드나들듯 뻔질나게 드나들고, 농사짓던 사람들이 민박집과 가게를 놓게 되면서 바라만 보기에는 민망한 징후들이 나타나기 시작했다. 사소한 일에도 서로 헐뜯고 반목하기를 일삼았기 때문이다. 치명적인 살상력을 지닌 욕설들이 입에서 입으로 전파되었고, 거칠고 천박한 말투와 허튼수작들이 아무렇지도 않게 오갔다. 옷소매를 들어 서로를 가리키는 비난이 난무했다. 이웃 사이에 하루가 멀다 하고 무릎맞춤을 하느라, 조용한 날이 없었다. 이제 순박하고 선했던 이웃은 어디론가 사라지고 없었다. 조금은 부족하고 조금은 어리석어서 사기꾼들의 어설픈 유혹에 잘도 속아넘어갔던 지난날이 오히려 그리울 정도로 이웃들은 똑똑해졌고 영악해졌다. 얼간이이거나 어리석다고 손가락질 받던 사람들은 사라지고 없었다.

심지어 길에서 서로 마주치면 외나무다리가 아닌데도 서로 비켜나라고 갖은 앙탈과 심술을 부렸다. 인심은 민박으로 수입을 거두는 축과 아닌 축으로 양분되어 앙앙불락이었다. 좀처럼 화해할 기미가 보이지 않았다. 읍내 장에 장보기를 가도 끼리끼리 어울려 다녔고, 마당을 쓸어도 자기 집 마당만 쓸어 쓰레기는 앞집 담벼락 아래 버렸다. 잘못하면 문중 사람들끼리 멱살잡이가 벌어질 조짐까지 보였다. 번영회 사람들 몇몇이 나서서 중재를 시도하기도 했으나 전혀 성과를 거두지 못했다. 귀를 기울여 들으려 하지도 않았다. 아이들도 어른들의 시비에 끼어들어 간섭하고 들어도 말씀씀이에 부족함이 없었고 심술궂은 기개도 뛰어났다.

드디어 이장이 비틀어진 인심을 바로잡겠답시고 수습에 나섰다. 마을의 원로들을 불러앉히고 오징어 안주에 막걸리 파티를 열었다. 술자리라면 저고리에 단추도 채우기 전에 두 발이 먼저 달려와 있는 노인네들 십여 명이 모였다. 그런데 그 자리에서 전혀 예상하지 못했던 이야기가 흘러나왔다. 화기애애했던 집성촌인 옷갓마을 인심이 이토록 험악하게 뒤틀린 것에는 이유가 있다는 지적이 나왔다.

마을로 들어오는 관문이나 다름없는 외나무다리가 뒤틀려놓인 것에 갈등의 원인이 있다는 것이었다. 그런 억지가 없는 것인데, 노인들 고집은 그게 아니었다. 지금이라도 다리를 똑바로 고쳐놓아야 마을 인심도 올곧게 바로잡힌다는 것이었다. 전혀 이치에 맞지 않는 주장인데도 불구하고 대다수 노인네들이 그 주장에 동의했다.

강물 아래 있는 암반지대가 걸리적거린다면 다리를 하류나 상류로 옮긴다 해도 곧은 다리를 놓아야 한다는 것이었다. 얼른 듣기에는 그럴싸한 얘기였다. 그러나 S자로 구부러진 다리를 놓고 나서 포상금을 수령했을 뿐 아니라, 아름다운 다리로 지정이 되었고, 많은 방문객들을 끌어들인 요인이 되었는데, 다리를 다시 고칠 수는 없었다. 부아가 치밀어서 얼굴이 수수떡처럼 시뻘게진 이장이 잘라 말했다.

"그건 안 됩니다."

이장의 단호한 반격에 좌중이 한동안 조용해졌다. 그때 한 노인이 말했다.

"그렇다면 간담회랍시고 늙은이들을 이 자리에 불러앉힌 이유가 뭔가."

"그 다리는 이제 우리나라에서 없어서는 안 될 명물이 되었어요. 그 다리 때문에 우리 마을이 거두는 이득이 얼만데요."

"이득? 무슨 이득?"

"아니, 아직도 그걸 모르고 계셨습니까?"

"만사성 계집아이 때문에?"

"그뿐만 아니죠. 방문객들이 동네에 뿌리는 돈이 얼맙니까."

"그 돈 때문에 동네 사람들끼리 삿대질하고 주둥이가 더러워진 것은 어떻고?"

"굽어진 다리 해체시키고 고쳐놓는다고 사나워진 인심이 바로 잡힌다고 장담도 못하지요. 어찌되었든 그 다리 다시 고쳐놓는 일은 못합니다."

"이장 자네 말고 복길인가 뭔가 하는 그 사람 불러오게."

"복길씨는 모텔 짓는 일에 몸이 둘이라도 모자랄 판이라 여기 올 시간 없습니다."

"장손은?"

"그분을 왜 여기서 왜 들먹입니까?"

"그 장손 대규가 출자해서 다리 놓지 않았나."

"별일이네요. 쥐죽은듯이 가만있는 대규씨 불러내서 무릎맞춤 시킬 작정입니까?"

"여보게 이장, 자네 올곧은 정신 가진 사람인가? 오백 년 이상 된 팽나무가 서 있는 그 장소를 자네 개인 소유인 것처럼 독차지 하고 쓰고 있지 않나. 원래는 마을 노인네들이 삼삼오오 모여 앉아 휴식을 취하던 명소가 아닌가. 그런데 자네가 그곳을 차지하고 커피 장사를 시작하고부터 갈 곳 없는 늙은이들은 허리 통증이 덧나서 굴신을 못하고 골방에서 누워 지낸다네. 늙은 할매들이 몸져눕게 되면 농사지을 사람이 없다는 것은 자네도 알고 있겠지? 그곳은 도회지에서 온 잡놈들이 모여 앉아 음담패설이나 늘어놓으며 웃고 자빠질 장소가 아니라네."

그럼 사지가 멀쩡하고 아픈 데도 없는 할배들은 코가 땅에 닿는 할매들에게 농사일 맡겨두고 지금까지 뭘 하고 자빠졌지요? 하고 되묻고 싶어서 목구멍이 간질간질하였으나 가까스로 눌러 삼킨 이장이 말했다.

"그 장소 공짜로 쓰지 않습니다. 번영회에 분담금을 내고 있습니다."

"분담금은 누구한테 내고 있나?"

"번영회에 내고 있지요."

"회장은 누구야?"

"어르신네들 몰라서 묻습니까? 장손 관대규씨 아닙니까."

"장손은 그 돈 받아서 어디다 쓰나?"

"여기저기 쓸 곳이 많지만 지금은 모텔 짓는 데 쓰지요."

"모텔은 장손 아닌 복길이가 주관하고 있다면서?"

"복길씨가 번영회 총무 아닙니까."

"그 사람 총무는 누가 시켰나?"

"당연히 회장인 장손이 시켰겠지요."

"마을 전체 일을 문중 놈들끼리 돌아가면서 해먹고 있군."

"어르신네 그렇게 막말하시면 안 됩니다."

"모텔? 우리도 그 꼴을 멀찌감치 서서 지켜보고 있지만, 빛 좋은 개살구라네. 모텔이라는 그 장소는 계집 밝히는 오입쟁이들이 드나드는 소굴 아닌가? 피곤한 길손들이 하룻밤 피곤을 풀고 묵어가는 장소는 아니란 것을 우린들 모를까."

"우리 읍내를 통틀어 아직까지 장가 못 간 사오십대 총각들이 서른 명이 넘는다고 합니다. 그들 때문에도 모텔은 필요하지요. 무작정 물어뜯기만 하시면 나이 먹은 총각들이 해진 뒤에 갈 곳이 없습니다."

"그 홍등가에 색에 주린 인근 고을 놈팡이들이나 찾아오지, 우리 동네 늙은 총각들은 어림도 없다네."

"놈팡이라니요. 그럴 리가 있겠습니까."

"놈팡이란 존재는 사람 사는 동네라면 어디에나 있다네."

"어르신네는 홍등가 소식을 잘도 꿰고 계시네요."

"노인네라고 깔보지 말게. 우리도 다 알아내는 방법이 있다네. 우리가 눈이 없나 귀가 없나 젊은 놈들 가진 것은 빠짐없이 갖고 있다네."

"어련하시겠어요."

"이장도 알다시피, 물속처럼 조용하던 동네가 지금은 벌집 쑤셔놓은 것처럼 시끄러워져서 밤에도 잠을 못 잘 정도로 거칠고 험악해졌다네. 바람 불면 꽃잎이 날아다니던 동네가 지금은 비닐봉지만 날아다니고 동네 개들이 그것이 먹을 것인 줄 알고 따라다니며 컹컹 짖는 세상이 되었다네. 봄에 쑥이나 냉이를 뜯어 풀죽을 끓여먹고 가을에 곡식 이삭 주워서 조밥 지어 먹을 때가 좋았지."

"그것이 모두 돈 없이 가난했던 시절의 넋두리 아니겠습니까."

"돈이 하는 일이 뭔 줄 알아? 사람 간의 정의를 망치고 구기는 일밖에 못해. 여자관계처럼 한번 자고 나면 끝이야."

"우리 마을로 들어오는 관광 수입이 나날이 불어나고 있다는 것을 잘 아실 텐데 무슨 말씀이세요?"

"우리 마을은 덫에 걸리고 말았네. 잘했으면 칭찬받고 잘못했으면 사과해야 하는 게 사람이 지켜야 할 도리인데, 그런 범절이 언제부턴가 온데간데없이 사라져버렸어. 예전에는 눈 씻고 봐도 볼 수 없었던 사채업자가 밤낮을 가리지 않고 마을을 들쑤시고 다니고, 볼깃살이 보일락 말락 하는 짧은 치마 입은 계집들이 찻잔 보자기 들고 노인네들이 살고 있는 안방까지 무시로 드나든다네. 매일 아침저녁으로 닭 모가지 비트는 소리에 아이들이 치를 떨어야 하는 마을이 되었네."

"어르신, 닭을 잡아야 이문이 남는 것 아니겠습니까. 우리 마을이 잘살려면 그런 사소한 일쯤은 참아 넘겨야 합니다. 알을 깨고 나오려면 당연히 주둥이에 피가 묻기 마련입니다."

"자네는 말이 많군그려. 모든 재앙은 입으로부터 출발한다네. 믿음을 쌓는 것은 오랜 시간이 걸리지만, 무너지는 것은 한순간 아닌가. 그게 모두 몇 마디 언사에서 출발한다네."

8

관대규씨는 그 자리에 없었으나 무사하지 않았다. 관대규씨에게 누군가가 찾아온 것은 원로 간담회가 있고 일주일 후, 어느 한밤중이었다. 홀연히 모습을 드러낸 그는 깊이 잠들어 있는 대규씨의 뒷덜미를 잡고 무작정 흔들어 깨웠다. 얼떨결에 잠이 깬 대규씨는 소스라쳐 잠옷을 벗고 두루마기를 찾아 입은 뒤 방 한가운데 좌정하였다. 그를 들깨운 사람은 안경원숭이처럼 돌출된 두 눈이 얼굴의 반을 차지하고 있어 기이하게 보였다. 신기한 것은 유난히 큰 두 눈을 한 번도 깜박이는 법이 없이 대규씨를 빤히 지켜보고만 있다는 점이었다. 할 수 없이 대규씨가 먼저 인사를 건넸다.

"지금이 한밤중인데…… 어디 사는 뉘신지요?"

그렇게 인사를 차렸는데도 찾아온 손님은 물끄러미 바라보기만 할 뿐 대꾸가 없었다. 다시 물으려 하는데 그가 대뜸 반말로 입을 열었다.

"나 말인가? 여름에는 마을 앞에 있는 대숲에서 살고 겨울에는 광덕산 영당에서 살고 있네. 영당에 거처할 때는 자넬 자주 봤지."

"저를 어떻게 봤습니까. 저는 선생이 초면인데요……"

"선생은 무슨. 해질녘에 산책을 나오거나 아니면 영당 담벼락에 기대앉아 해바라기를 하거나 꾸벅꾸벅 졸고 있는 자네를 문틈으로 내다본 일이 있지. 그때마다 자네 몰골이 쥐가 물어뜯다 만 호밋자루같이 초췌해서 보기 딱하더군."

"제 몰골이야 늘 그렇지요…… 낮에는 활동을 안 하십니까?"

"내가 쓰고 있는 안경은 해가 있는 낮에는 앞이 보이지 않는다네. 깜깜하지."

"그러면 벗으면 되겠네요."

"나는 날 때부터 안경을 쓰고 태어나서 벗고 쓰는 일을 내 맘대로 할 수가 없지."

"그건 그렇고 곤히 자고 있는 나를 왜 깨웠지요? 게다가 문도 잠겨 있었는데."

"나는 잠겨 있는 문쯤이야 상관없이 내 마음 내키는 대로 드나든다네."

"신출귀몰한다더니 그런 분이신가요?"

"그런 셈이지."

"우린 통성명도 없었습니다."

"자네가 관대규란 사람이란 것은 이미 알고 있고, 내 함자는 알 거 없다네."

"그런 결례가 어디 있습니까."

"그건 알아서 뭣하나."

"아닌 밤중에 담 넘어온 홍두깨 격으로 남의 집에 쳐들어와서 통성명도 마다하시니 이런 망발이 어디 있습니까."

"자네가 살고 있는 꼬락서니가 너무 딱해서 찾아온 것뿐이야."

"선생께서는 저와 초면일시 분명한데 어찌 사람을 이토록 홀대하십니까."

"홀대? 내가 영당에서 기거하고 있다는 말을 몇 번인가 깨우쳐줬는데도 잠깐 사이에 잊어먹었나?"

"영전에 사시는 분은 안경을 쓰지 않았는데요?"

"시끄럽다. 마누라한테 얹혀사는 하찮은 인생이 뭘 그렇게 잘한 체하고 거들먹거리나. 자네 같은 인종이 많을수록 나라는 망조 들기 마련이야. 도대체 자네가 육십 평생 살아온 동안 해놓은 일이 뭔지 생각이라도 해본 일이 있나? 자네처럼 부질없는 인생이 또 있을까. 책은 읽는 척만 하고, 보여줄 것도 전혀 없으면서 선비를 자처하고, 오직 조상을 팔아 내 한 몸 사리기에 급급한 위선자가 뭐가 잘났다고 눈을 치뜨고 쳐다보나."

"요사이 여편네에게 얹혀사는 사내놈이 어디 한둘입니까. 왜 나 하나만 꾸짖고 그러십니까."

"어허, 방귀 뀐 놈이 화낸다더니 주제에 주둥이는 살아가지고 대꾸가 낭자하군."

"도대체 찾아오신 용무가 무엇입니까? 저도 잠을 설치긴 싫어요."

"그래, 이리 가까이 오너라."

관대규씨는 자신도 모르게 그의 요구대로 한밤중의 방문자에게 바싹 조여앉았다. 바로 그때였다. 방문자가 그의 엉덩이 아래에서 묵직하게 보이는 대나무 몽둥이를 꺼내 들더니 대규씨의 왼쪽 어깨를 가차없이 내려쳤다. 견골이 부러지는가 싶게 몹시 아팠으나, 대규씨는 체면을 구기고 싶지 않아 이를 악물고 참았다. 그러고 나서 노려보았으나 방문자는 흔적도 없이 사라지고 없었다. 문이 열리고 닫히는 소리도 들리지 않았다. 사람이 다녀갔다는 아무런 흔적도 남은 게 없었다. 다만 자고 일어났더니 까닭 없이 왼쪽 어깨가 묵직하게 저려서 파스 한 장을 붙여야 했다.

사위는 적막했고 밤공기는 얼음장처럼 차가웠다. 멀리 대숲에서 뻐꾸기 우는 소리가 들렸다. 그 뻐꾸기는 기계가 고장나기 시작하면서 밤낮을 가리지 않고 대중없이 울어댔다. 아무도 대숲으로 들어가서 고치려 드는 사람이 없었다. 뻐꾸기가 마을 쪽을 향해서 울면 마을에 불길한 일이 생긴다는 말이 돌았으나 어느 누구도 귀담아듣지 않았다.

대규씨는 바로 그 자리에 쓰러져 새벽잠 속으로 빠져들었다. 그리고 이튿날 아침나절에 잠에서 깨어났을 때 지난밤에 느닷없이 찾아왔던 방문자의 기억은 머릿속에 남아 있지 않았다. 하얗게 지워져 있었다. 아내 역시 지난밤의 방문자에 대해서는 알고 있는 것이 없었다. 그녀의 표정은 요사이 들어 평온했다.

안경 쓴 방문자가 찾아왔던 그 이튿날 낮에 지순이가 찾아왔다. 그러나 언제나 손에 들려 있던 만두 접시가 보이지 않았다. 그뿐만 아니었다. 두 볼에는 눈물 자국이 뚜렷하게 남아 있었다. 모두 전에는 보이지 않았던 모습이었다. 뒷문을 열고 말없이 서 있는 아이의 태도가 너무나 낯설었다. 대규씨가 물었다.

"만두 접시는 어쩌고 그렇게 서 있느냐?"

그런데도 아이는 얼음처럼 미동도 않고 서 있었다.

"사람들 등쌀에 접시를 떨어뜨렸느냐?"

고개만 흔들고 있는 아이가 더욱 수상해 대규씨가 다시 채근했다.

"너 울었구나."

그제야 침묵을 깨고 지순이가 나지막하게 대답했다.

"예."

잠시 침묵이 흘렀다. 난감해진 대규씨는 자신도 모르게 풀썩 웃었다. 아이가 화난 얼굴로 말했다.

"아저씨는 웃음이 나와요?"

"하도 어이가 없어서 웃었다. 누가 너에게 손찌검이라도 했느냐?"

"누가 날 때려요? 그런 사람 없었어요."

"그런데 왜 울었나?"

"할아버지가 오늘부터는 아저씨에게 만두 갖다주지 말래요."

"그래서 울었냐?"

"그래서 할아버지하고 엄마하고 싸웠어요."

"내가 진작 찾아가서 널 심부름 시키지 말라고 요청을 해야 했는데, 내 불찰이 컸다. 그런 일로 울 것 없다. 눈물 자국 닦아라."

"운 건 아저씨 때문이 아니에요."

"그럼 누구 때문에 울었나?"

"할아버지 때문에요……"

"알 만하다. 우리 마을에서 곧이곧대로 말하는 사람은 이제 너 하나뿐이구나. 네가 고생이 많았다. 모두가 짐작 없는 어른들 욕심 탓이다. 나도 그렇고…… 그러니 이젠 다리 건너는 일도 나한테 만두 나르는 일도 그만두거라. 내가 왜 진작 그런 생각을 못했는지 후회막급이다. 내가 조만간 할배를 만나봐야 하겠구나."

"만나봐야 소용없어요."

할배와 옹심이 그리고 경관우와 지순이 사이에 어떤 갈등이 있었는지 짐작하기 어려웠다. 그러나 어린아이를 상대해서 내막을 속속들이 따진다는 것도 데데한 일이란 생각 때문에 지순이를 끝까지 파고들 수는 없었다. 그러나 아이가 보여준 태도에 대규씨는 적지않은 상심을 느꼈다. 왜 진작 그런 결과가 오리란 것을 짐작하지 못했던 것일까. 자신에게 불찰이 많았다는 것을 깨달았다. 작은 전율이 등골을 타고 지났다. 대규씨는 바로 그날 밤에 또다시 방문객을 만났다. 오른손에 대나무 작대기를 꼬나든 그는 며칠 전과 같은 거리를 두고 대규씨와 마주앉았다. 그는 대뜸 그렇게 물었다.

"마을에 떠도는 소문이 심상치가 않더군. 자네 그런 소문으로 신세를 망치고 싶은가? 자네가 곤경에 처했다는 것을 알고는 있나?"

"곤경에 처하다니요. 왜 이러십니까. 천연덕스럽게 남의 집에 무단으로 들어와서 협박하는 겁니까."

"이제야 뼈 있는 한마디를 하고 있군. 자네 지금까지 사는 동안 고통을 맛본 적이 있는가?"

"그런 적은 없었던 것 같습니다만?"

"지금까지 살아오면서 고통이나 시련이 없었다면 무엇으로 위로를 얻었나?"

"꼭 고통이 있어야만 위로를 얻습니까. 고통 없이 위로와 만족을 얻을 수 있다면 그게 금상첨화 아니겠습니까."

"말은 청산유수로군. 양반 행세한다는 작자들은 보통 언사가 신중한 편인데 자네는 말대꾸가 많구만. 그래서 자넨 가짜 양반이야. 한 가지 고통이나 시련이 열 가지 고마움을 알게 한다는 것을 모르는가. 고통이 있어야 고마움도 깨닫게 돼. 고마움이 고통을 이겨내는 힘을 주는 거야. 매일 높은 곳에 올라가 뒷짐 지고 서서 멀리 풍광을 바라보는 것이 마음을 기쁘게 한다고 해서 선비의 풍모라고 생각하는가? 거기에 무슨 고통이 있나? 젊은 시절부터 시련을 겪지 않고 살아온 것을 자랑으로 알고, 오직 착하게 살고 신실한 마음을 가지면 옳은 선택이라고 생각하는가. 세상은 자네의 그런 얕은 생각과 관계를 맺으려 하지 않을 걸세. 세상은 스스로 노력 없이 자신의 운세가 좋다고 생각하는 사람의 다리를 걸어 넘어뜨린다는 것을 잊지 말게."

"인생에 무슨 규칙이 있습니까? 그런 것이 있다는 얘기는 듣지 못했습니다."

"눈에 보이지 않는다고 없는 것은 아니라고 몇 번 말해야 알아듣겠나. 지금까지 살아오면서 새로운 것에 눈을 뜨고 그것을 좇아 온몸으로 열정을 쏟은 적이 있었나? 습관에 등이 떠밀려 육십 평생을 살아왔다면 그건 노예의 삶이지. 나무 그늘 아래 앉아 쉬면서 나뭇가지를 꺾는 일을 저질러온 것과 마찬가지야."

그러더니 대나무 몽둥이를 들어 대규씨의 왼쪽 견골을 몇 번인가 호되게 내려쳤다. 그 순간 대규씨는 감자 포대처럼 앞으로 꼬꾸라졌다. 고통이 뼛속까지 깊숙하게 스며들어 눈을 뜰 수조차 없었다. 근래에 그런 아픔을 느껴본 기억이 없었다. 숨이 멎을 것 같았으나 가까스로 상반신을 일으켜세웠다. 그러나 방문객은 대규씨가 겪는 아픔 따위는 아랑곳하지 않았다.

"늪에서 살고 있는 그 늙은이처럼, 황량한 들판에서 돌을 베개 삼아 쪽잠으로 밤을 새우고, 겨울에도 차디찬 풍상을 등으로 받아내며 개고생을 이겨내는 사람들을 생각해본 적 있는가. 하는 일이라곤 해바라기씨를 입에 물고 우물거리다가 껍질을 뱉어내는 일을 반복하는 것뿐인 반편이가, 그 늙은이가 겪어온 고된 풍상을 짐작할 수 있을까. 자넨 평생 곤경과 마주쳐서 고난을 겪은 적이 없었지 않은가. 자네의 실패는 그렇게 살아온 것을 성공으로 착각하고 있다는 것일세. 그게 가치 있는 삶이었나? 아무리 생각해봐도 가망이 없어 보이는군."

"가망이 없다니요? 제가 남에게 폐를 끼치고 산 적도 없지 않습니까."

"헛소리 그만둬. 자신의 인생이 아무런 불상사도 겪지 않고 지나가기를 바란다면 그 또한 사기꾼의 심보야. 그뿐 아니지. 광덕산 영정? 그것이 가짜라는 것을 선대 때부터 의심하고 있었으면서도 쉬쉬하며 숨겨온 것 아닌가. 허상과 거짓을 섬기며 마을과 방문객들의 눈을 흐리게 하고, 금쪽같은 나랏돈을 갈취한 죄가 크다네. 거짓에 기대어 이득을 챙겼다면 그게 떳떳한 인생이라고 말할 수 없지 않은가."

"가짜 영정이라니 그게 무슨 말씀입니까."

"그게 붓질도 서툰 어떤 젊은 놈팡이가 그린 위작품이란 걸 몰랐다는 게야? 이 녀석 이제 보니까 순 맹탕이군."

"아이고, 그게 무슨 말씀입니까. 그런 말씀 함부로 하시면 안 됩니다."

"원래 바른말은 귀에 닿지 않는 법이야."

"그 그림이 어째서 광덕산 중턱에 떨어졌지요?"

"그건 나도 모르지. 귀신이 모르는 일이 딱 두 가지가 있는데, 한 가지는 동서남북을 자기 맘대로 휘젓고 다니는 바람의 방향이고, 다른 한 가지는 자신의 나이야. 거짓말 같겠지만 사실이야. 귀신의 나이란 깜박 졸았다가 깨어나는 사이에도 십 년, 이십 년이 후딱 흘러갈 수 있거든."

"궤변이십니다."

"궤변인지 아닌지는 며칠 안쪽에 판명이 날 테지. 내 말을 못 믿겠거든 오백 리 밖에서 생활하고 있는 자네 여식이나 만나보게."

"아니, 제 딸이 어디 있다고요?"

"자네 딸이 K시에 있는 어부바어린이집에서 삼 년째 보모로 근무하고 있다는 건 알고 있겠지?"

"어렴풋이 기억합니다."

다시 한번 대나무 지팡이로 대규씨 어깨를 내려찍은 방문자가 말했다.

"자네 딸이 그 어린이집에 근무할 당시 아비로서 거기 한 번이라도 가보았나?"

유일한 혈육인 경순이가 K시에 있는 어린이집에서 근무한 지는 그때가 삼 년째였다. 보육학과를 졸업한 뒤 혼자서 여기저기 지원서를 넣고 동분서주하며 일자리를 찾아낸 덕분이었다. 그녀가 어린이집에 취업한 지 이 년째 되던 어느 봄날, 모처럼 휴가를 얻어 옷갓마을 고향집을 방문했었다.

그런데 그녀 옆에는 머리를 노랗게도 아니고 빨갛게 염색한 키 작은 사내 녀석이 다소곳이 서 있었다. 제 어미를 닮아서 성격이 다소 괄괄하고 기가 센 편인 경순이와 비교하면 그 청년은 얌전한 계집애 같은 분위기를 갖고 있었다. 나이를 짐작해보아도 스물네 살인 경순이보다 두세 살은 손아래로 보였다. 손아래로 보였기 때문에 인사하는 태도나 사내답지 못한 거동이 눈에 거슬렸다. 마당 한가운데 서서 바지 주머니에 손을 찔러넣은 채 내키지 않는 듯 고개만 까딱하는 인사법이 마음에 들지 않았으나, 딸의 손아래 청년이었기 때문에 울컥하는 것을 참고 말았다. 그래봤자라는 생각이 들었기 때문이다.

요사이 쌩쌩한 젊은이들과는 진작부터 어긋난 사이여서 몇 마디 해보았자 소용없는 일이고, 자신만 상처를 입는 결과를 낳는다는 것을 알고 있었다. 나이 어린 사람으로부터 '넌 꼰대야' 혹은 '넌 찌질이야'라는 험담을 듣지 않으려면 아예 고개를 돌리고 딴청을 피우거나 상종을 않는 게 상책이라고 생각했다. 그러나 아내 장여사는 그와는 생각이 다른 모양이었다.

커피를 마시고 있는지 다과를 먹고 있는지 알 바 아니지만, 두 사람이 들어간 안방에서 간혹 웃음소리가 새어나왔다. 배짱이 맞는 모양이었다. 그 웃음소리가 유쾌하든 슬프든 듣고 있는 그로선 울화가 치미는 것이 사실이었다. 그 웃음소리는 그 청년에게 갖고 있는 자신의 속내를 비웃는 것처럼 들렸다. 그러나 그 또한 한 귀로 듣고 한 귀로 흘려보내는 게 마음 편한 일이었다.

대규씨는 집을 나섰다. 평소 다니던 영당 쪽의 둘레길을 버리고 제방을 걸어 죽변천의 상류 쪽으로 발길을 돌렸다. 가슴속으로 서늘한 회한 같은 것이 스치고 지났다. 멀리 늪이 바라보였다. 늪이 바라보이는 지점인 모래톱에 검은 우산 하나가 꽂혀 있었다. 보슬비가 내리고 있었다. 난생처음으로 서글프다는 생각이 들었다. 등 뒤로 인기척을 느낀 노인네가 우산 아래로 고개를 내밀고 걸어오는 그를 눈여겨보고 있었다. 같은 문중 노인네지만 그는 언제나 혼자였다. 그리고 언제나 늪가에 앉아 세월을 보냈다.

혼자인 것은 가족이 엄연한 자신도 마찬가지란 생각도 들었다. 그가 가까이 다가가자 노인네가 우산 밖으로 얼굴을 드러냈다. 노인네가 몸을 비키며 거적때기가 깔린 우산 아래의 자리를 내주었다. 두 사람은 자연스럽게 나란히 앉았다. 발치에는 막걸리 주전자가 모래 위에 쓰러질 듯 삐딱하게 놓여 있었다. 노인네는 왼쪽 어깨가, 대규씨는 오른쪽 어깨가 조금씩 우산 밖으로 노출되어 있었다. 노인네가 시큼한 입냄새를 풍기며 말했다.

"어디로 가는 길이오?"

노인네가 마을에서 유일하게 공대를 하는 사람이 대규씨였다.

"여기까지 왔습니다."

노인네는 주전자 뚜껑으로 쓰고 있는 양은그릇에 막걸리를 담아 술에 엄지를 푹 담그며 권했다.

"마침 잘 오셨소. 한잔하시지요."

평소 같았으면 사양했을 술잔을 받아들었다. 노인네가 거적때기 아래를 뒤적거려 비닐봉지 하나를 꺼내 들었다. 메뚜기조림이었다. 오래전에 마련한 안주였는지 군내가 코를 찔렀다. 대규씨가 두 번에 걸쳐 숨을 돌리며 그 술잔을 모두 비웠다. 이상하게 오늘 여기에 잘 왔다는 생각이 들었다. 노인네가 말했다.

"지순이가 열심히 만두 접시를 나르고 있지요?"

"그럼요. 매일."

"그때마다 장손께서 용돈을 조금씩 쥐여주는데, 아이가 그 용돈을 한 닢도 축내지 않고 날 갖다주지요. 그래서 지순이하고 나하고는 동업자가 되었네요."

"그래요? 처음 듣는 얘깁니다."

"그 아이하고 나 사이에는 남들은 모르는 계획이 있어요."

"뭔지 궁금하네요."

"나중에 보면 알겠지요."

"해진 뒤에도 이 자리를 지키며 집에는 돌아가지 않는다고요?"

"그럼요. 여기서 거적을 깔고 담요 한 장 덮고 웅크린 채 밤을 새웁니다. 비라도 내리면 우산을 받친답니다. 우산에 떨어지는 빗소리도 운치가 있지요."

대규씨는 속으로 놀랐다. 노인네에게 이런 감성도 있구나 싶었기 때문이다.

"마을과 멀리 떨어져 있어서 혼자 적적하시겠어요."

"아니요, 여기가 밤중에는 낮보다 더 시끄럽고 분주해서 적적할 틈이 없어요. 더욱이나 오늘같이 비가 부슬부슬 내리는 밤에는 시끄러워서 눈을 붙일 수가 없어요."

"해가 지고 나면 노루가 외나무다리를 건너다닌다지요?"

"노루가 건너다니는 것은 못 봤소만, 도깨비가 건너다니는 것은 몇 번 본 일이 있지요."

"설마요."

"아닙니다. 저쪽 대숲에서 나와 다리를 건너서 마을로 사라지든지 아니면 저 앞 물위로 자박자박 물을 튀기며 밤새도록 재잘거리며 놀다가 새벽이 되어서야 다시 다리를 건너 대숲 속으로 사라집니다. 하나도 아니고 대여섯이 떼를 지어 다닙니다. 이상한 것은 그 도깨비들이 하나같이 다리가 하나뿐인 것입니다. 눈을 씻고 다시 봐도 다리는 하납디다. 그런데도 걸음걸이에 실수하는 법이 없이 잘도 물위를 걷고 섶다리를 건너다닙디다."

"농담도 참……"

"아닙니다. 내가 이 두 눈으로 똑똑히 보았고, 자기들끼리 나누는 얘깃소리도 또렷하게 들었어요. 헛것이 보인다고 말할 수도 없어요. 어떤 때는 자맥질을 해서 물고기까지 잡아간답니다."

"그럼 바라만 보고 있습니까? 자기들끼리 나누는 얘기는 무슨 말입니까."

"끊임없이 재잘거리고 얘기를 나눕디다. 그런데 나중에 보면 어떤 내용인지 전혀 기억에 없어요. 한마디라도 기억을 하려 해도 도무지 생각이 안 나요."

"남의 동네에 와서 고기까지 잡아가면서 미안하다는 인사도 없어요?"

"난들 어떻게 하겠어요. 저들이 장난치고 있는 것도 확연히 보이고 내가 관장하고 있는 늪에 와서 고기까지 잡아가니 당장 나가서 쫓아내려 해도 발이 땅에 붙은 듯이 꼼짝할 수가 없어요. 그러지 않아도 늪에는 물고기들이 하루가 다르게 씨가 말라가고 있어요. 지난번 큰물이 졌을 때, 상류 쪽 물살이 센 곳에서 살던 쏘가리들이 이쪽 늪으로 몰려온 모양입니다. 쏘가리는 물살이 세고 동쪽에서 서쪽으로 흐르는 물에서만 삽니다. 그런데 이놈들이 물살도 세지 않고 느리게 흐르는 늪으로 몰려왔어요. 성질이 포악

해서 여기 살고 있는 다른 고기들을 모조리 잡아먹고 있네요. 그것들은 다른 물고기들이 없어지면 저들끼리도 잡아먹어요. 쏘가리로 매운탕을 끓이면 걸쭉한 맛이 일품이지만, 이놈들이 나하고는 상극입니다. 내가 잡을 고기를 저들이 다 잡아먹으니까요. 늪에 고기들의 씨가 마르면 내 작살질이 무슨 소용이겠소."

"어르신은 소문난 작살질 명수인데 작살로 쏘가리부터 잡지 그래요."

"그게 안 됩니다. 이 녀석들은 떼 지어 살지도 않고 단독 생활을 하는데, 반드시 손바닥도 들어가기 어려운 비좁은 바위틈에 기대 숨죽이고 있어요. 눈앞으로 메기나 붕어가 지나가면 쏜살같이 튀어나와 팍팍 삼키고는 재빨리 바위 틈새로 다시 들어가 숨어요. 아주 음흉하고 간사한 놈들입니다. 그놈들은 눈앞에서 움직이는 것은 절대 놓치는 법이 없어요. 움직였다 하면 모조리 잡아먹고 말지요. 메기는 이런 늪이나 진흙 바닥 같은 데서 살고 동작도 쏘가리에 비하면 느려터져서 작살질하기에는 안성맞춤인데, 쏘가리들 때문에 내 작살질도 운세가 끝나가는가 싶소. 그놈들은 육지로 치면 늑대나 다름없지요. 도무지 지치는 법이 없어요. 게다가 어리석은 물고기들로 포식을 해서 나날이 몸집을 키워가고 있어요. 몸집이 커질수록 동작은 더 빨라져서 이젠 말귀까지 어두운 내가 당해낼 재간이 없어요. 어디 그뿐이겠어요. 나는 숨쉬기 위해 수시로 물 밖으로 얼굴을 내밀어야 하지만, 그놈들은 물 밖으로 머리 내밀고 숨 돌릴 일이 없으니, 나하고 경쟁이 붙으면 언제나 그놈들이 이기게 되어 있습니다. 정성이 지극하면 돌 위에서도 풀이 난다지만, 이젠 옛날처럼 좋은 경기는 바라보기 어려운 지경이 됐어요."

"작살 말고 다른 도구를 써서 잡지 그러십니까."

"배운 도둑질이 작살질이라 다른 방법은 엄두도 못 냅니다. 또 작살 말고 다른 기계는 만질 줄도 모르지요. 게다가 약을 풀면 다른 고기들이 먼저 죽습니다. 나쁜 놈들일수록 명이 길다더니, 물 속 세상도 물 밖 세상과 다를 게 없지요."

"다른 일로 생계를 이어갈 방도를 찾아야겠군요."

노인네가 머뭇머뭇하더니 풀죽은 목소리로 대답했다.

"아직 저승사자가 날 물어뜯고 있진 않으니, 끝까지 가다가 다른 방도를 찾아봐야지요. 손녀가 있으니 큰 걱정은 없어요."

"지순이 말입니까?"

"그럼요, 나는 그 아이 지켜보는 낙으로 살아간답니다."

"나도 짐작은 하고 있었습니다. 우리 마을 찾아오는 방문객들도 그 아이만 찾고 있지요."

"관광객들인가 뭔가 그들 때문에 손주아이도 많이 지쳤어요. 요사이는 걸핏하면 질질 짜면서 울어요. 관광객들 등쌀에 힘들다는 얘기지요. 그 사람들이 사진을 찍겠다고 어린아이에게 이래라 저래라 이리 가라 저리 가라 주문은 또 왜 그렇게 많은지…… 아이가 부대끼다못해 아침부터 녹초가 된답니다."

우산 위로 빗물 떨어지는 소리가 요란했다. 두 사람은 강물 건너 멀리 대숲을 바라보았다. 도깨비가 다리를 건너다닌다는 말이 흰소리가 아닐지도 모른다는 생각이 들었다. 세상이 빠르게 변해가는데도 불구하고 도깨비가 나타난다는 말도 고스란히 받아들여야 한다고 생각했다.

실없는 몇 마디를 나누며 비 그치기를 기다렸다가 제방 길을 되짚어 집으로 돌아왔다. 방문했던 딸과 동행한 사내아이는 벌써 돌아가고 없었다. 비에 젖은 대규씨가 집안으로 들어서는 모습을 장여사는 무심한 시선으로 바라보다 말고 고개를 돌렸다. 그것이 오랜만에 만난 딸과의 짧은 대면이었다. 장여사도 세 사람이 방안에서 어떤 대화를 나누었는지 귀띔해주지 않았다. 묻지도 않았다. 그래봤자 면박이나 돌아오지 속시원한 대답을 듣기는 어렵기 때문이었다.

그 소문은 동네 사람들이 먼저 알고 있었다. 그 소식을 대규씨에게 알려준 장본인은 놀랍게도 지순이였다. 평소에 지순이는 뒷문 밖에서 조잘거리다가 휑하니 사라지곤 했었다. 그런데 그날은 문지방을 넘어와 무릎으로 대규씨 면전까지 기어왔다. 처음 있는 일이어서 대규씨도 놀랐다. 의구심이 가득한 얼굴로 아이의 돌발행동을 바라보고 있는 대규씨에게 지순이가 귓속말을 했다.

"아저씨, 내 말 들어보세요."

"너 왜 그러냐?"

"아저씨 딸 관경순 있잖아요."

"걔가 어떻게 됐는데?"

"아가를 배서 배가 불룩하대요."

"그게 무슨 소리냐? 어디서 그런 얘기 들었나?"

"동네 사람들이 그러던데요."

"동네 사람 누구?"

"모르는 사람이 없어요. 안방 할매도 알고 있을걸요."

"임신했으면 한 거지."

"그런데 결혼식도 안 올리고 사람부터 뱄네요."

"넌 그런 말 하면 못쓴다."

관대규씨는 주섬주섬 여행 준비를 시작했다. 속으로는 불안했다. 이른바 척행이라 해서 혼자 작정하고 혼자 길을 떠나야겠다고 생각했기 때문이다. 그런 작정을 하게 된 동기는 정말 밤중에 자신을 방문했던 사람의 말이 허언인지 아닌지 확인하고 싶었기 때문이었다. 난생처음으로 아내인 장여사 몰래 집을 나섰다. 외나무다리를 건너 대밭 앞을 지나고 만사성을 지나 한길로 들어섰다. 기다린 지 이십여 분 지나서 버스 한 대가 그의 앞에 와서 멎었다. 그 순간 자신도 모르게 겁이 덜컥 났다. 희미한 긴장이 등골을 스쳐갔다. 허둥지둥 버스에 올랐다. 혼자라는 생각이 가슴속을 파고들었다. 버스가 출발한 지 이십여 분이 지나서야 두근

거리던 가슴이 어느 정도 진정이 되었고, 자신이 왜 버스를 타게 되었는지 깨달았다. 세 시간이 지나서야 경순이가 살고 있다는 도시에 도착했다. 벌써 해질녘이 되어서 집집마다 불이 켜지고 있었다. 택시를 잡아타고 주소를 적은 쪽지를 운전사에게 건네주었다. 버스 터미널에서 그다지 멀지 않은 곳에 있는 아파트에 딸이 살고 있었다.

9

현관문이 열리고 눈에 익숙한 딸아이의 얼굴이 나타났다. 마주친 두 사람이 열려 있는 현관문을 사이에 두고 한동안 얼어붙은 듯 서 있었다. 서로 말문이 막힌 탓이었다. 놀란 것은 찾아온 아비보다 딸인 경순이었다. 그래서 딸은 서 있다 말고 바닥에 풀썩 주저앉아버렸다. 아버지의 방문이 전혀 예상 밖이었기 때문이다. 딸아이는 지순이의 말대로 만삭이었다. 백지장같이 창백한 얼굴인 딸이 말했다.

"들어오세요."

딸이 다시 말했다.

"신발 벗으시구요."

대규씨는 소스라쳤다. 신발도 벗지 않은 채 작은 거실로 들어서려 했던 자신을 발견했기 때문이다. 긴장했던 탓이었다. 화장실로 보이는 문이 열리면서 언젠가 옷갓마을에서 보았던 빨간 머리의 청년이 꾸벅 알은체를 했다. 자신의 지난날이 거기 서 있었다. 다행인 것은 얼굴에 웃음을 짓고 있었다. 청년이 남의 말 하듯 입을 열었다.

"이 밤중에 웬일이세요?"

한동안 멈칫거리던 대규씨가 말했다.

"지나는 길에 들러봤네."

"거짓말."

그렇게 말한 것은 등뒤에 서 있던 딸이었다. 거짓말이라고 말한 딸의 언성에는 원망과 비아냥거림이 함께 묻어 있었다. 금방 막연한 후회가 가슴을 후려쳤다. 딸이 철없어 보이는 연하의 사내와 동거를 하고 임신까지 할 동안 그는 아버지로서 관심을 둔 적이 없었다. 이런 지경에 이르도록 서로 외면하고 지냈다는 회한이 가슴 아리게 파고들었다.

밤의 방문자가 질책했던 것처럼 아픔이 무언지도 모르고 살았다는 생각이 쿵 하고 가슴을 쳤다. 그의 속내를 꿰뚫어본 듯 딸이 유리잔에 냉수를 부어 작은 탁자 위에 올려놓았다. 대규씨는 거실에 놓인 작은 의자에 풀썩 주저앉았다. 자기를 외계인 보듯 낯선 시선으로 바라보고 서 있는 두 사람을 그는 멍한 시선으로 바라보았다.

"며칠 전에 엄마가 다녀갔어요."

한 지붕 밑에서 살고 있는 아내의 소식을 집으로부터 이백 킬로미터 이상 거리를 두고 있는 딸아이로부터 들었다. 뭐라고 대꾸할 말을 찾지 못했다. 물 한잔 얻어 마시고 허둥지둥 그 집을 나왔다. 짧은 시간이라도 그 집에 머물러 있기에는 너무나 어색했기 때문이다. 어떻게 살아가느냐고 묻지도 않았다. 아내와 수시로 안부를 주고받는다면 생계를 지원받고 있겠거니 짐작할 따름이었다. 진작부터 부녀지간의 도리는 이미 먼 옛일이 되어버렸다는 것을 깨달았을 뿐이었다.

어째서 결혼식도 올리지 않은 남녀가 동거를 할 수 있으며 더욱이나 임신까지 할 수 있느냐고 따진다는 것은 너무나 무의미하다는 것을 깨달았다. 누워서 침 뱉기였다. 바지에 진흙이 묻었는데 그것이 똥인지 된장인지 분간을 못한 것은 바로 그 자신이란 회한으로 가슴이 저렸다. 시련이 무엇인지 몰랐고, 사소한 일에도 사리분별을 가리지 못해서 밤중에 찾아온 방문자로부터 훈육을 당하고 있는 자신이 비로소 가소로웠다. 딸아이의 집을 나설 때 문득 자신을 보고 알은체를 했던 청년에게 연민을 느꼈다. 그 청년에게서 자신의 모습을 보는 듯했다. 그 청년 역시 어디론가 종적을 감추고 싶었을 수도 있었다.

그런데 그 작은 공간에서 아기가 태어나도록 하염없이 기다리고 있는 것이었다. 예의바르지 못하다고 탓할 수는 없는 노릇이었다. 집을 나서 골목길을 한참이나 걸어나오자 불을 켜둔 선술집이 나타났다. 거기에 한동안 묵묵히 앉아 있었다. 언제부턴가 맞은편 의자에 딸아이의 청년이 와서 그를 물끄러미 바라보며 앉아 있었다. 와중에도 문득 다행이다 싶었다.

그 선술집 테이블 앞에서 비로소 청년의 이름을 물어보았다. 김창석이었다. 그 앞에 나타났던 밤중의 방문자도 성이 김씨였다는 생각이 들었다. 그러나 그 김씨는 체구가 장대한 편이었다. 그런데 지금 자기 앞에 홀연히 나타난 김창석은 체수가 잔망스러웠다. 이름과는 어울리지 않는다는 생각을 하고 있는데 청년이 먼저 술잔을 권했다.

예상은 했으나 청년은 이렇다 할 직업도 없었다. 보육원에 다니고 있는 경순의 수입과 아내 장여사의 지원으로 생계를 유지하는 신세라는 것은 물어보지 않아도 짐작할 수 있었다. 뛰쳐나가서 막노동 일이라도 붙잡아야 하지 않겠느냐는 말이 목구멍까지 흘러나오다 말고 쑥 들어갔다. 그 순간 자신의 처지가 불쑥 뒤통수를 쳤기 때문이다. 동병상련이란 생각이 들어 혼자 불쑥 쓴웃음 짓고 말았다. 편지 내용이 마음에 들지 않는다고 집배원의 멱살을 잡고 흔들 수는 없었다.

체구는 작아도 술 마시는 품새는 담대한 편이었다. 소주잔까지 목구멍 속으로 떨어질까 조마조마할 정도로 술을 잘 마셨다. 주고받는 대화도 없이 콧등이 스칠세라 마주앉아 소주 세 병을 비우고 나서야 비로소 장인어른 하더니, 웬걸 느닷없이 왈칵 울음소리를 토해냈다. 그 순간 세상은 살 만한 곳이란 엉뚱한 생각이 들었다. 놀란 대규씨가 손을 내밀어 녀석의 뒤통수를 쓰다듬으며 덩달아 울컥했다. 그러면서 자신도 모르게 불쑥 입에서 나온다는 말이 스스로 생각해도 가관이었다.

"그러면 안 돼, 이놈아."

가만히 듣고 있던 사위란 녀석이 테이블 위로 시선을 떨군 채 중얼거렸다.

"알고 있습니다."

"뭘 안다는 거야?"

"그냥 알고 있어요."

무슨 선문답 같다는 생각을 하면서 대규씨는 풀썩 웃었다.

"너 말이야, 오늘 나한테 따귀 안 맞은 거 다행으로 알아."

"알고 있습니다."

"알긴 뭘 안다고 아까부터 알고 있다고 악을 쓰나? 계속 알고 있다고 중얼거리는데, 똑바로 말해봐. 뭘 알고 있다는 게야?"

그 순간, 숙이고 있던 고개를 번쩍 들어올리며 예식도 올리지 않고 애새끼부터 먼저 점지한 사위가 말했다.

"지금 말하고 있지 않습니까."

"그래, 똑바로 말하면 뭐냐?"

"제 처지도 장인어른과 똑같은 신세라는 걸 알고 있다는 겁니다."

"누가 그런 말을 해?"

"장모님이 그러던데요, 그것도 한두 번도 아니고 귀에 딱지가 앉도록요."

"녀석, 실토정을 하니까 내 속이 다 시원하네."

"시원하시라고 말씀드린 겁니다."

"내 가슴속을 훤하게 들여다보고 있군."

"언제 가시려구요?"

"여기서 신세를 질까봐 부담스러운 모양이군. 그건 왜 묻나?"

"오셨으니 돌아가셔야 하지 않겠습니까."

"어디로?"

"옷갓마을에 사시지 않습니까?"

"여기서 네놈하고 같이 살 거야."

"농담이시겠지요. 저는 부담스럽습니다."

"뭐가 부담스러운데?"

"태어날 아이에게 위생적으로 부담을 줄까 해서요."

"가더라도 내가 궁금했던 거 한 가지만 물어보고 가야겠어."

"궁금하신 거 있으면 물어보세요. 최대한 솔직하게 대답해드릴게요."

"자네 머리는 왜 빨갛게 염색했나?"

말해놓고 금방 후회했다. 지금 이 지경에 그런 질문이 합당하지 않았다는 생각이 들었기 때문이었다. 그러나 사위 놈은 손가락으로 자신의 정수리를 가리키며 말했다.

"이거 말입니까?"

"그래 그거."

녀석이 피식 웃으며 말했다.

"별거 아닙니다. 좀 튀고 싶었어요. 제가 경순이에 비하면 키가 한참 작거든요."

"이유는 그것뿐인가?"

"또 무슨 이유가 있겠어요?"

"노랗게 물들이는 젊은이들도 있던데."

"빨간 게 더 강렬하잖아요."

대규씨는 자신도 모르게 고개를 끄덕거렸다. 그것을 발견한 사위가 느닷없이 손가락 끝으로 장인의 콧등을 정확하게 가리키며 말했다.

"그것 보세요. 장인어른도 백 프로 동의하시잖아요."

가당치도 않으면서 불쑥 세상은 이래서 좋은 것인지도 모른다는 엉뚱한 생각이 들었다. 심각하게 살아갈 필요가 없다는 생각이 술기운으로 가득찬 대규씨의 머릿속을 뒤흔들었다.

"자네 우리 경순이 좋아하나?"

"그럼요. 그걸 말이라고 하세요?"

"내 딸아이 어떤 점이 좋은가?"

"저를 보호해주는 데 몸을 아끼지 않아요."

"경순이는 자넬 뭘 보고 좋아했나?"

"저 기타 잘 쳐요. 뮤지션이거든요."

"뭔지 모르지만, 그뿐인가?"

"또 뭘 바라세요?"

"기타 하나 가지고 어떻게 살아가려고 그래?"

"앞으로 밴드 만들 거예요. 그게 제 꿈이에요."

"부모님들은 살아 계시나?"

"남쪽에 있는 시골에서 농사짓고 계세요. 장인어른처럼 세상물정에 어둡고 무능한 분들이지요. 제가 뮤지션이라고 말하면 무슨 말인지 못 알아들어요. 그런데 저는 그게 더 좋아요. 무슨 말인지 알아들으면 골치 아파지거든요."

술에 취한 상태인데도 김창석은 대규씨를 제 마음대로 잡고 흔들었다. 그때 선술집 미닫이문 밖으로 경순의 모습이 뿌옇게 바라보였다. 그녀는 만삭이 된 뱃구레를 깍지 낀 두 손으로 받쳐 든 채 두 사람을 지켜보고 서 있었다. 가게 안에 앉아 있는 자신과 문밖에서 떨고 서 있는 딸아이 사이의 멀고먼 거리가 너무나 서글프다는 생각이 들어 울컥했다.

대규씨가 옷갓마을로 돌아간 것은 그날로부터 무려 한 달 뒤의 일이었다. 객지를 떠돌며 누구로부터 숨가쁘게 구박을 당했는지, 겉보기에 잔뜩 주눅이 들어 사람이 더없이 처량해 보였다. 수수한 이목구비는 그대로였으나, 얼굴은 쪽쟁이같이 누렇게 뜬 상태였다. 가볍게 앓던 기면증이 중증에 이른 것 같기도 했다. 개고생중에 끼니조차 소홀히 했는지 퀭하게 들어간 눈자위에 두 눈만 안경원숭이처럼 둥그렇게 뜨고 있었다. 바라보기에 측은했던 장여사가 서둘러 물었다.

"당신 어디 갔다 왔어?"

"읍내에 볼일이 있어서 나갔다가 내친김에 미뤄두었던 용무도 좀 보고 사람들도 만나보고 바람도 좀 쐬고 왔어……"

"당신 주제에 만날 사람이나 있었던가? 글쎄, 그게 웬일인가 했소."

"그렇게 된 게 한 달이나 되었소."

"두 달이면 어떻소."

"그런데 경순이네를 만나기도 했었소……"

이러저러하다고 말끝을 얼버무리는데, 아내는 그 대답은 대수롭지 않고 더 다급한 일이 있었던 모양이었다.

"어젯밤에 마을 이장이 두 번이나 헐떡거리며 찾아왔습디다. 뭔 일이 일어나긴 일어난 모양인데, 내가 물어도 대꾸를 안 합디다."

"뭔 일인데?"

"글쎄 안색이 하얗게 질려서 안절부절못하길래 다잡고 물었는데도 당신만 찾았지 내 말에는 대꾸를 안 해요."

행방을 알 수 없는 복길씨의 소식을 이장 김영세가 찾아와서 알려주었다. 그가 집으로 돌아온 지 이틀째가 되던 날 밤에 이장이 몰래 만나야 할 사람처럼 조용히 찾아왔다. 어쩐 일인지 그도 안색이 초췌한 편이었다. 그는 누가 들을세라 귓속말로 물었다.

"회장님, 도대체 어디를 다녀오신 것입니까?"

"왜 그러나?"

"글쎄, 이실직고하세요."

"이실직고라니? 경순이가 어떻게 살아가는지 궁금해서……"

"따님께서 먼저 이회장님 뵙자고 통기가 왔습니까?"

"그건 아니고, 내가 궁금해서 가보았네."

"따님 댁에서 며칠이나 묵으셨나요?"

"근방에서 한 사흘 묵었지."

"그 이후는 어디로 가셨어요?"

"웬 참견인가. 남이 어디를 다녀왔든 왜 꼬치꼬치 파고드나? 난 어디 홀린 사람처럼 이곳저곳을 헤매고 쏘다니다 돌아왔네."

"무슨 일로요?"

"글쎄, 나도 딱히 무슨 긴한 볼일이 있었던 것은 아니었네."

"회장님 우울증 있습니까?"

"별소리를 다 듣는군."

"지금 동네가 발칵 뒤집어졌습니다. 그거 모르고 계십니까?"

"왜, 무슨 일로? 좀 멀찍이 물러앉아서 얘길 하게. 남의 턱 떨어뜨리겠네."

"동네에선 회장님과 할배와 지순이까지 세 사람이 작당해서

야반도주했다고 난리가 났습니다."

"내가 왜 두 사람과 야반도주를 하나?"

"저야 모르지요. 마을 사람들이 모두 그렇게 짐작하고 있습니다."

"노인네가 지순이를 데리고 어디로 갔는지 알 수 없지만, 무슨 일 때문에 마을을 떠났는지는 짐작이 가는군. 노인네가 고대하고 있던 새로운 세상을 찾아 떠난 게지……"

"새로운 세상이라니요? 요즘 그런 세상이 어디 있습니까?"

"글쎄, 이장이 알아봤자 소용없는 일이야."

대규씨가 얼버무리다 말고 보이지 않는 복길씨 행방을 물었다.

"복길씨는 아내를 데리고 건축회사 사람들하고 강원도로 출장 갔습니다."

"출장이라니? 옛날에 다녀왔지 않나?"

"건축업자와 갈등이 있었어요. 의견이 맞지 않았던가봅니다. 그걸 조율하겠다고 업자들과 강원도 견학 여행을 떠났어요."

"우리들이 묵었던 그 모텔에서 업자들과 하룻밤 지내겠지."

"그런데 문제가 생겼습니다."

"무슨 문제?"

"모텔이 창녀촌이나 다름없는 혐오 시설이라고, 이웃 마을 부녀회에서 건축을 저지하겠다고 데모를 준비하고 있다는 소식을 들었습니다."

"허가 난 건축인데?"

"데모꾼들에게 허가 따위는 문제가 안 됩니다. 허가 위에 데모꾼들이 있기 때문에 마음만 먹었다 하면 단숨에 깔아뭉개버리지요."

"그건 사촌이 잘 해결하겠지."

"쉽지는 않을 것입니다. 마을 노인네들이 단합해 뒤에서 부추기고 있거든요. 그나저나 회장님 코가 석 자나 빠졌는데 지금 남의 걱정 하고 있을 경황이 있습니까. 참 보기에 딱하시네요."

언젠가 사람은 대체로 사소한 일로 죽게 된다는 말을 들은 적이 있었다. 죽음은 아니지만 정말 사소한 일로 자신의 처지가 진퇴양난이 되어버린 것이었다. 사람이란 태어나서 숨 거둘 때까지 끊임없이 입으로 죄를 짓기도 하고 마음으로 죄를 짓기도 하지만, 이런 경우 남에게 위해를 가한 것이 아니라, 나 자신이 스스로 죄를 뒤집어씌우면서 살아왔다는 회한이 가슴에 뭉클하게 자리잡았다. 언젠가 문중 사람들과 같이 다녀온 우연한 여행이 오늘 같은 결과로 연결되리란 것을 깨닫지 못했다.

하지만 그것을 예견했었다면 어찌 인생이라 할 수 있을까. 부질없는 일로 형세가 기울고 말았다는 생각이 들었다. 이장이 안쓰러운 얼굴로 그를 바라보고 앉았다가 조용히 자리를 털고 일어났다. 그는 아쉬운 듯 일어나면서 비아냥거렸다.

"밤이 어두웠습니다. 오늘은 쉬시지요. 그러나 잠이 오겠습니까."

그가 문밖으로 나서는 것을 기다려 대규씨는 일어나 손수 이부자리를 펴고 두루마기를 입은 채로 누웠다. 그날은 예상보다 쉽게 잠으로 빠져들었다. 잠속으로 빠져들고 얼마나 지났을까, 눈에 보이는 것은 없었으나 왼쪽 어깨에 뼈가 부러지는 듯한 강한 통증을 느꼈다. 밤에 찾아온 방문자가 걸핏하면 대나무 몽둥이로 내려치던 바로 그 자리였다. 그 자리를 누가 다시 몽둥이로 내려친 모양이었다. 뼛속에 사무치는 통증이 발바닥까지 길게 전신을 타고 흘렀다. 그런데도 잠에서는 깨어나지 않았다.

아침이 훤하게 밝았을 때, 아내 장여사가 들어와 사방의 창문을 열고 공기를 순환시켰다. 그리고 누워 있는 자신의 몸을 이리저리 뒤적거리며 흉터 같은 것이 있나 없나를 찾는 것 같았다. 그리고 밖으로 나갔다. 사람은 뭍으로 떨어진 물고기처럼 이리저리 뛰다가 죽는다는 생각이 뒤통수를 치고 멀리멀리 허공 속으로 달아나고 있었다. 아내 장여사가 마당으로 내려섰다. 그녀는 평소에 볼 수 없었던 조용한 태도로 사잣밥을 차리고 있었다. 밥 세 그릇 술 석 잔, 백지 한 권, 짚신 세 켤래, 천원짜리 지폐 몇 장을 채반 위에 얹어 초에 불을 당겨서 마당가 담장 아래로 옮기고 있었다. 아내의 걸음걸이는 신중하고 간결했다. 아마도 불을 당긴 촛불을 꺼트리고 싶지 않은 것 같았다. 이것은 저승사자에게 잘 보이면, 죽은 사람이 편하게 명부까지 갈 것이란 믿음 때문에 차리는 제사상인 셈이었다.

그때 멀리 있는 대숲 쪽에서 마을 쪽을 바라보고 우는 뻐꾸기 소리가 들렸다. 장여사가 그 상을 차리고부터 아침 해가 채 밝기도 전에 죽변천 대밭머리 위로 거친 모래바람이 불기 시작했다. 바람은 사흘 동안 쉬지 않고 불면서 죽변천에 가로놓인 외나무다리를 야금야금 삼키고 있었다. 다리 위로 날아든 모래는 한겨울에 내리는 눈발처럼 수북하게 쌓이기 시작했다. 다리 아래로 흐르던 죽변천의 맑은 물살도 내려쌓인 모래 아래로 스며들어 자취를 감추었다. 어느덧 은빛 물살을 가르며 상류를 향해 헤엄치던 쉬리떼조차 어디론가 사라지고 보이지 않게 되었다.

작가의 말

몇 번을 거듭해서 스스로에게 물었다. 고향집 주변의 사래 긴 밭두렁길과 주왕산 둘레길을 오가며, 제주도 서귀포에서 남쪽 바다를 통째로 안고 덤비는 파도를 마주보며, 서울의 희뿌연 북한강 길을 절뚝절뚝 걸으며 물었다. 도대체 사는 게 뭐냐. 무엇 때문에 살고 있나. 그런데 아무도 없다. 대답하는 이가 없다. 스스로 터득해서 답을 찾기에는 너무나 보잘것없고 미약하다. 나는 얼간이다. 그게 답이다. 산다는 것, 허세와 거짓투성이다. 나 스스로 거짓된 삶인데, 애꿎은 남을 가리켜 거짓이라 조롱한다. 그것 한 가지는 확실하다. 페스트가 중세 유럽을 크나큰 혼란에 빠트렸듯이 사랑한다는 말이 수많은 인생을 혼란에 빠트렸다. 그 한 가지 또한 확실하다.

2021년 5월

김주영

문학동네 장편소설
광덕산 딱새 죽이기
ⓒ김주영 2021

초판 인쇄 2021년 5월 4일
초판 발행 2021년 5월 14일

지은이 김주영
책임편집 김영수 | 편집 이재현 강윤정 김필균
모니터링 이희연
디자인 강혜림 유현아
마케팅 정민호 이숙재 우상욱 정경주
홍보 김희숙 김상만 함유지 김현지 이소정 이미희 박지원
제작 강신은 김동욱 임현식 | 제작처 천광인쇄사(인쇄) 경일제책(제본)

펴낸곳 (주)문학동네 | 펴낸이 염현숙
출판등록 1993년 10월 22일 제406-2003-000045호
주소 10881 경기도 파주시 회동길 210
전자우편 editor@munhak.com
대표전화 031) 955-8888 | 팩스 031) 955-8855
문의전화 031) 955-3578(마케팅) 031) 955-2679(편집)
문학동네카페 http://cafe.naver.com/mhdn
트위터 @munhakdongne
북클럽문학동네 http://bookclubmunhak.com

ISBN 978-89-546-7929-9 03810

이 책의 판권은 지은이와 문학동네에 있습니다.
이 책 내용의 전부 또는 일부를 재사용하려면 반드시 양측의 서면 동의를 받아야 합니다.

잘못된 책은 구입하신 서점에서 교환해드립니다.
기타 교환 문의: 031-955-2661, 3580

www.munhak.com